ALFRED DURAND-CLAYE

1841-1888

ALFRED DURAND-CLAYE

1841-1888

AVANT-PROPOS

La publication de ce volume a été retardée parce qu'il fallait attendre que la notice de M. Choisy parût dans les Annales des Ponts et Chaussées.

Les amis d'Alfred Durand-Claye y trouveront réunis les discours prononcés sur sa tombe, quelques-uns des articles écrits à son sujet, et plusieurs des lettres que j'ai reçues des admirateurs et des amis qu'il comptait en tant de pays et dans toutes les carrières publiques. Je demande pardon à ceux dont je n'ai rien cité ici : j'ai dû me borner, pour ne pas publier plusieurs volumes, tant tout était touchant, ému, plein d'éloges vrais et sentis, sans aucune restriction... Une seule s'est fait entendre que je n'ai pas eu le courage de reproduire ici et qui a soulevé un murmure d'indignation au cimetière ; mais le témoignage unanime venu de France et de l'étranger, sur les qualités rares, le caractère charmant et charmeur, l'égalité d'humeur, la rectitude d'esprit, la sûreté de commerce de celui qui n'est plus, peuvent me faire oublier cette légère injustice.

On excusera les redites et les incorrections qu'on trouvera dans les pages suivantes : elles m'ont tant coûté à écrire que je n'ai pas pu m'y appesantir ; je m'y suis décidée parce que M. Mille m'a dit que personne ne pouvait le faire mieux que moi, qui étais un autre lui-même..., et pourtant je n'ai pas osé dire tout ce que je pensais du compagnon adorable que j'ai perdu ; nous ne faisions si bien qu'*un* que, même à présent, je garde la modestie qu'il avait ; il me semble que le louer c'est me louer moi-même, et je m'arrête, tout en sentant que je n'en dis pas assez.

E. D.-C.

ALFRED DURAND-CLAYE

Alfred-Augustin Durand-Claye naquit à Paris, rue d'Enghien, le 10 juillet 1841, pour être l'enfant gâté de deux sœurs et d'un frère plus âgé que lui de dix ans : enfant gâté! il le fut toute sa vie et de tous, tant son caractère resta ce qu'il avait été dès sa plus tendre enfance, doux, facile et séduisant.

Son père, d'une des meilleures familles chartraines, venait de vendre son étude d'avoué à Paris et la naissance tardive de ce fils le força à se remettre au travail; mais loin de lui en garder rancune, il le choya entre tous ses enfants, et il passait les repas à mettre les bouteilles et les verres en équilibre les uns sur les autres pour l'amuser : « J'avais déjà la passion des sciences exactes! » disait Alfred quand il rappelait ce temps.

Mon grand-père, directeur des affaires criminelles au ministère de la justice, avait alors M. Durand-Claye sous ses ordres comme chef de bureau et fit toujours le plus grand éloge de cet honnête homme à qui un de mes cousins, son ami d'enfance, disait qu'Alfred ressemblait, et il fut heureux de pouvoir bientôt le faire nommer juge de paix à Paris.

Malheureusement, esclave du devoir, comme son fils le fut toujours, il fut emporté en quelques jours par une fluxion de poitrine prise en courant pour réparer une injustice qu'il croyait avoir commise dans un de ses jugements : il mourait au moment où un dernier fils lui naissait, et alors qu'on le croyait hors de tout danger!

Alfred n'avait que six ans; mais sa mère était une femme supérieure qui sut prendre la place du père et mena virilement l'éducation de ses fils; la « maman » alors, ce fut la sœur qui n'était pas mariée encore (l'aînée venait d'épouser un avoué). Elle continua à gâter Alfred, tout en commençant l'éducation de cet élève docile et aimant, et s'en vantait encore, il y a deux ans, avec fierté.

Peut-être dut-il à cette éducation, faite uniquement par deux femmes, les goûts artistiques, la douceur et la tendresse, l'abnégation et la délicatesse, les sentiments un peu féminins qui faisaient le fond de son caractère, en même temps que l'habitude de travailler et de ne compter que sur lui-même.

Sa mère lui donna bientôt pour professeur M. Pipereau, qui resta son ami, et le prépara à entrer à Sainte-Barbe, comme il y avait déjà préparé son frère Léon.

Alfred endossa l'uniforme en 1851. Malheureusement son grand-père maternel, médecin à Dreux, devint très malade, et sa mère dut aller le soigner. Le pauvre enfant fut donc abandonné à lui-même, et passa, d'une maison où l'on faisait toutes ses volontés, au collège dont la discipline lui parut bien sévère, tout paternel que fût pour lui l'excellent M. Guérard; il fallut apprendre ses leçons autrement que couché par terre, et les bancs de l'école lui semblaient bien plus durs que le parquet de la rue d'Enghien.

Il s'en prit à ses yeux et arrivait au parloir barbouillé d'encre et de larmes, au point de faire couler celles de sa sœur qui, mariée depuis peu, souffrait de voir son élève chéri si malheureux, mais n'osait le retirer de Sainte-Barbe sans l'assentiment de sa mère.

« Peut-être a-t-il mieux valu pour moi que maman ne fût pas là, disait-il, avec sa douce philosophie; elle m'eût repris chez elle, et qui sait ce que j'aurais fait? »

Tout s'arrangea, grâce à de bonnes amitiés d'enfant qui restèrent toujours fidèles à l'homme, les Froment, de Billy, de Langsdorff, Aucoc; grâce à l'intérêt que les professeurs prirent vite à cet élève studieux et intelligent qui détestait le bruit et les révoltes; l'un d'eux disait qu'il faisait mieux sa classe quand il voyait « ce petit Durand-Claye le regarder avec son lorgnon »; l'autre écrivait à Mme Durand-Claye que, s'il connaissait une meilleure note que *Très bien*, il la lui donnerait, et faisait suivre son bulletin d'un « Toujours bon enfant ». Il arriva à aimer Sainte-Barbe comme sa maison, à y être aimé universellement. « Jamais, disait-il, je n'ai donné ni reçu un coup de poing, je ne sais pas comment cela s'est fait. » Je le sais bien moi! c'était sa douceur tranquille qui imposait, et Froment me disait l'autre jour : « Ce pauvre Alfred! on l'aimait comme une femme! » De même, il n'avait jamais reçu une chiquenaude chez sa mère.

Les succès à Sainte-Barbe, à Louis-le-Grand et au concours général récompensaient cette conduite exemplaire; sa bibliothèque est bondée de livres de prix, et il eut, en quittant Sainte-Barbe, le prix exceptionnel de l'Association amicale des anciens barbistes, prix qui ne se décernait pas annuellement, mais que l'on donnait seulement à l'élève, *exceptionnel* aussi, qui le méritait par sa conduite et ses succès.

Il songeait alors à se faire avocat ou professeur et poursuivait avec ardeur ses études de lettres, quand l'exemple de son frère, entré premier à l'Ecole polytechnique, le séduisit, et il se décida à l'imiter, bien qu'il n'eût plus devant lui que deux ans et que ses professeurs de lettres voulussent le retenir, lui prédisant les plus brillants succès à l'Ecole normale.

Ces deux ans d'école préparatoire lui suffirent pour entrer premier à l'École polytechnique où il fut aussi aimé, comme major, de ses chefs et de ses camarades qu'il l'avait été à Sainte-Barbe; c'est de là que datent ces amitiés inaltérables qui lui firent plus tard un cercle si joyeux et si sûr, les Pillet, Gariel, Bazaine, Guieysse, Chérot, Delanne, Pamard, Choisy, Courrejolles, Jourjon, Lambert, Thiébaut, etc., et ce pauvre Demongeot qui luttait avec lui de travail, et qui arriva à lui passer sur le dos, sans que leur amitié se ressentît de cette rivalité. D'ailleurs il choisit les Mines, tandis qu'Alfred, poussé par l'exemple de son frère, prenait les Ponts et Chaussées, et entrait ainsi premier à l'École de la rue des Saints-Pères. Demongeot eût, certes, été aussi une des lumières de notre temps si, en 1875, Alfred n'eût dû le coucher dans la bière, emporté par le croup gagné au chevet de sa fille.

Je ne puis séparer maintenant dans mon esprit ces deux natures d'élite, si différentes d'ailleurs, mais si semblables par leur droiture et leurs aspirations élevées, ces deux cœurs d'or qui n'ont pu rendre à leur patrie tout ce dont la nature libérale les avait comblés, et qui s'aimaient tant!

Alfred continua à l'École des Ponts sa vie de travail assidu, non sans y mêler une sage dose de plaisir : c'était un principe chez lui que, plus on faisait travailler l'esprit, plus il avait besoin d'une détente :

s'il avait l'horreur et le dégoût des excès et des plaisirs faciles, qu'il ne pouvait même comprendre, il adorait la musique et était un des meilleurs élèves de César Franck : il aimait le théâtre, le bal, et sa famille lui offrait de nombreuses réunions auxquelles il se faisait un devoir d'assister, qu'elles fussent amusantes ou non.

Je le vois encore, à cette époque, chez de vieux amis où la seule distraction était le whist ou le trente et un, faisant bonne mine à ces corvées dont sa qualité d'étudiant aurait pu le dispenser ; mais, s'il y a des gens qui s'ennuient quand ils ne sont pas avec des personnes qui les intéressent, lui savait ne jamais s'ennuyer, même avec des ennuyeux, et tirer toujours quelque chose d'eux.

Toutes ces distractions ne nuisaient en rien à son travail et ne lui firent jamais manquer un cours ; aussi sortit-il le premier de l'École des Ponts en 1866, ce qui lui permit de rester un an de plus au sein de cette famille qui l'aimait tant, en l'attachant au Conseil des Ponts et Chaussées.

C'est alors qu'il fit la connaissance de celui qui devait décider sa carrière et devenir un ami cher autant qu'un maître vénéré. Séduit par la généreuse idée de M. Mille de rendre utile ce qui était nuisible ,et de faire des détritus de la grande ville, au lieu d'un foyer d'infection, une source de richesses, il accepta sa proposition de l'aider dans les essais d'épuration des eaux d'égout par le sol, qu'on allait faire à Gennevilliers. Il le fit avec d'autant plus d'entraînement que les idées d'assainissement des maisons avaient germé dans sa tête dès l'École Polytechnique. Il y perdait le poste avantageux en province que son rang lui permettait de choisir, car les essais de Gennevilliers pouvaient ne pas réussir, mais il n'hésita pas : sa voie était trouvée, une voie rude et aride où ni les peines, ni les épines ne manquèrent !

Il se prit pour cette œuvre d'un enthousiasme qui l'empêcha de sentir les blessures, et il s'y donna entièrement, comme il se donnait toujours à tout ce qui était le devoir, sans une pensée d'ambition, sans autre idée que celle du bien public. Aussi cette foi ardente, cette ardeur d'apôtre, cette volonté tenace, cette fixité constante dans la poursuite du même but finirent-elles par triompher de presque tous les mauvais vouloirs et des préjugés. Sa grande honnêteté, sa conviction profonde imposaient la confiance à la longue ; sa foi était de celles qui remuent les montagnes, et sa seule habileté était sa franchise. Jamais, même pour les besoins de la cause qui lui tenait tant au cœur, il n'eût dit un mot qu'il eût su ne pas être vrai, jamais il n'avançait une assertion sans qu'il ne l'eût vérifiée, et combien de fois ne m'a-t-il pas répété : « Tôt ou tard le mensonge se découvre, et se retourne toujours contre celui qui l'a proféré. » Hélas ! c'était une des illusions de sa nature droite et loyale, de sa conscience sans détours ! Combien de faussetés n'a-t-il pu démasquer, combien de mensonges l'ont entravé sans que leurs auteurs en aient été punis !

Mais il avait une telle horreur de la tromperie, si légère qu'elle fût, que les gens qu'il en convainquait lui devenaient antipathiques, et que « Il a menti » équivalait pour lui à « Il a volé », et en effet, quel pire vol que celui de la confiance?

Aussi cette sûreté de commerce, ce caractère ouvert et loyal lui gagnèrent-ils bientôt tous les cœurs dans son service comme ils les lui avaient gagnés dans les écoles. M. Mille l'aimait comme un de ses fils et lui écrivait tous les soirs, l'eût-il même vu le matin. M. Belgrand, à sa conférence hebdomadaire, l'appelait « enfant terrible » ou disait qu'il lui donnait « des raisons d'avocat », mais finissait toujours par reconnaître que ces raisons étaient solides, et appuyées d'arguments sérieux, bien qu'elles fussent présentées avec cette élocution facile et entraînante qu'Alfred devait à ses études littéraires, dont il s'applaudissait sans cesse d'avoir suivi le cours jusqu'au bout. Si bien que, un peu réfractaire d'abord aux idées de M. Mille, et hésitant entre l'épuration chimique et l'épuration par le sol, M. Belgrand, convaincu par Alfred et par l'expérience qui se poursuivait chaque jour à Gennevilliers, devint un des plus chauds partisans de cette œuvre. Aussi le cœur d'Alfred lui garda-t-il une profonde reconnaissance et une fidélité inébranlable; jamais, après que la mort eut enlevé brusquement M. Belgrand à ses amis et à ses admirateurs, il ne fit une conférence sans rappeler son nom avec éloge : pour lui, comme pour tous ceux qui l'ont approché, les grandes idées de l'assainissement de Paris provenaient de M. Belgrand, et quand il voyait attribuer à d'autres cette œuvre bienfaisante, son esprit généreux et droit était plein d'indignation et de regret.

Alfred n'était plus alors le jeune homme timide qui était entré à l'École des Ponts : le cours de stéréotomie qu'il avait fait dès 1868 à l'École des Beaux-Arts l'avait forcément guéri de cette gêne; il avait fallu « se jeter à l'eau » comme il disait, et il s'y était bravement mis, si bravement que lorsqu'il rappelait plus tard qu'il avait été timide et embarrassé, on ne voulait pas le croire.

C'est que, dès la seconde leçon, il avait senti son public gagné, et il fut toujours si aimé, si apprécié de ses élèves que, bien que ce ne fût pas l'habitude de l'École, ils ne laissèrent jamais finir la dernière leçon de l'année sans l'applaudir à tout rompre. Aussi, malgré les instances de ses supérieurs qui craignirent plus tard de lui voir mener de front tant de choses différentes, ne voulut-il jamais abandonner ces jeunes gens dont la vue le reportait à ses débuts dans la carrière, et dont il soutenait si chaudement les intérêts au conseil des professeurs et au conseil supérieur où il fut nommé il y a deux ans.

Nos désastres de 1870 interrompirent tous ces travaux et l'ingénieur devint officier du génie, en construisant des baraquements, des épaulements et un fortin. Quand les boulets vinrent y tomber et qu'un obus éclata à quelques pas de lui, il dut renoncer à aller à Clichy et abandonner son usine et ses chères cultures, qu'on eut bien de la peine à faire quitter aux paysans. Il ne s'occupa plus alors que de fortifier le chemin de fer de ceinture du côté de Saint-Ouen, et consacra ses moments de loisir à l'étude, préparant de nombreuses brochures sur l'assainissement de Paris et de Bruxelles, sur l'utilisation des eaux d'égout, sur les pompes centrifuges, les affouillements, etc.

Il ne fréquentait guère les réunions publiques, surtout depuis que son bon sens et son amour de la vérité lui ayant fait lâcher un « Qu'en savez-vous ? » au milieu de diatribes violentes contre le gouvernement et Trochu qui nous avait vendus, disait-on, il avait failli être écharpé et s'était tiré de là à grand'peine.

Il fût pourtant volontiers resté à Paris malgré la Commune (car sa mère et son jeune frère ne voulaient pas s'en aller), sans une lettre d'un camarade d'École Polytechnique, délégué de la Commune, qui lui écrivit un jour : « Je remplace Alphand, viens me donner des renseignements, tu ne seras pas inquiété. » Malgré cette phrase rassurante, et comme il n'avait envie de remplacer personne, il crut plus prudent de prendre le dernier train qui partit de Paris et d'aller habiter à Chatou chez sa sœur. Sa mère, qui ne pouvait se passer de le voir, venait à Saint-Denis à peu près chaque jour, tandis qu'il s'y rendait de Chatou, et il passait le reste du temps à donner les premières leçons de calcul à son petit neveu, ou à visiter mélancoliquement sa chère plaine dévastée, qui devait, heureusement, bientôt reverdir.

Sitôt que l'ordre fut rétabli, il se remit au travail avec ardeur, et secondé par le dévouement de son conducteur M. Locquet, il eut bientôt la joie de voir son œuvre reprendre vie.

On n'était déjà plus au temps où il fallait faire protéger les ouvriers par des gendarmes et je vis, en novembre 1871, les paysans se plaindre de ce que la reconstruction du pont de Clichy, sous lequel on devait placer les conduites d'eau d'égout, n'avançait pas et retardait la reprise des irrigations.

Bien des mauvais vouloirs subsistaient encore cependant, bien des protestations, bien des procès même s'élevèrent; le maire, M. Pommier, était parmi les plus vifs opposants; la force des choses les convainquit, le calme et la persuasion d'Alfred achevèrent la conversion... et tout finit par l'amitié chaleureuse de M. Pommier, par une fontaine qu'on éleva en 1880 sur la place de Gennevilliers, avec deux mains unies sur le soubassement « pour exprimer la concorde qui règne entre la ville de Paris et la commune de Gennevilliers ». Ces mêmes paysans, qui parlaient d'abord d'assommer Alfred, lui offraient quelques années plus tard un terrain dans leur cimetière, pour le garder au milieu d'eux comme leur bienfaiteur. Ils le prièrent en grâce, en 1882, de ne pas envoyer d'eau d'égout à Achères parce qu'ils craignaient de ne plus en avoir assez, et de se lier par des traités pour la leur assurer; ils paient maintenant pour avoir cette eau qu'ils déclaraient devoir rendre leur pays inhabitable! Achères finira peut-être par là aussi, mais là, il n'aura eu que les luttes sans en recueillir le prix!

Un peu de tranquillité lui venait donc enfin, quand un changement ayant eu lieu dans les services, M. Belgrand proposa à Alfred d'ajouter au sien celui des canaux de Saint-Denis, Saint-Martin et de l'Ourcq, que la Ville allait racheter aux concessionnaires. Il eût pu rester tranquille à Clichy et profiter des loisirs que lui eût laissés un service marchant régulièrement pour faire ces publications et ces ouvrages qui sont toujours, hélas! restés à l'état de projets, mais l'amour du métier et du devoir, le désir d'obliger un collègue qui souhaitait de quitter ce service, lui firent accepter cette lourde charge et là encore il sut si bien se faire estimer et aimer, que deux ans après qu'il n'était plus leur chef, ses employés réunis dans un banquet lui portaient un toast et lui envoyaient une dépêche pour le lui dire et que, lorsqu'il dut quitter les canaux, à sa promotion d'ingénieur en chef, en 1882, les habitants de la Villette lui offrirent un banquet d'adieux en lui demandant de rester parmi eux et de devenir leur conseiller municipal. Que n'a-t-il cédé à leurs vœux! il serait probablement encore de ce monde!

Mais le Conseil municipal, ne voulant pas se passer d'un ingénieur aussi zélé, décida de créer une place spéciale d'ingénieur en chef de l'assainissement de la Seine, et il se trouva ainsi rester attaché à ce service municipal qu'il aimait tant, sans se douter qu'il devait causer sa mort! Il quitta avec regret, en même temps que les canaux qui l'intéressaient, un chef qui avait su l'apprécier, et dont il admirait la rare intelligence et l'honnêteté profonde, M. Buffet, qu'on ne devait pas, du reste, garder longtemps à la Ville.

Entre temps étaient survenus les travaux de l'Exposition de 1878; jamais juré ne fit sa besogne avec autant de zèle et d'entrain, jamais rapporteur ne fournit de rapport aussi complet, aussi bondé de documents triés avec soin; que de découpages de dessins il fallut faire pour lui! c'est à peine si l'Administration voulut imprimer un si gros volume! Puis vint la commission technique de l'assainissement dont il était secrétaire et rapporteur, et dont il préparait les voyages d'études avec autant de soin que de succès, grâce aux nombreux amis qu'il avait su se créer dans les pays étrangers.

Au milieu de ses travaux et de ses préoccupations scientifiques il avait tenu chaque année, par hygiène et par goût, à s'éloigner de Paris, et même de France, pendant quelques semaines, pour secouer loin de lui les soucis journaliers du bureau... Mais ces voyages n'étaient pour lui qu'un autre genre d'études, et il en rapportait, en dehors des croquis et des aquarelles, des carnets de notes précieuses, soit pour les beaux-arts, soit pour l'agriculture et l'art de l'ingénieur.

C'est ainsi qu'il vit à fond l'Angleterre et l'Ecosse, la Belgique et la Hollande, l'Italie et la Sicile, l'Espagne et le Portugal, l'Autriche et la Hongrie, la Suisse et l'Allemagne, la Turquie et la Roumanie, la Grèce, la Russie, sans négliger la France qu'il aimait, le Dauphiné dont il allait étudier les torrents, l'Auvergne, la Bretagne, les Pyrénées, les Vosges, etc.

Souvent, d'ailleurs, l'Administration lui confiait une mission pour étudier la question des eaux d'égout, en Angleterre, en Belgique, en Allemagne ; ou bien les villes l'appelaient pour s'éclairer de ses conseils, telles que Pesth, Odessa, Nice, Cannes, Reims, le Havre, Chantilly, etc. Ces voyages, préparés et discutés dès l'hiver qui les précédait, étaient son grand plaisir; ils étaient facilités par notre connaissance de quatre à cinq langues, et Alfred était, en outre, sûr de retrouver presque partout des visages connus, d'être reçu comme un ami cher; sa complaisance à envoyer des renseignements et des brochures à tous les étrangers qui en demandaient perpétuellement, ou à montrer à ceux qui venaient à Paris les travaux de Gennevilliers, l'amitié et la reconnaissance que lui gardaient ses nombreux élèves externes de l'École des Ponts et de l'École des Beaux-Arts retournés dans leur patrie, et assurés de trouver toujours près de lui un conseil et un appui, tout cela faisait de ces voyages de véritables promenades sans ennuis, sans préoccupations et presque sans fatigues. Notre excursion en Grèce, en 1886, fut une véritable ovation ; voitures, wagons, tout était mis à sa disposition, les logements préparés chez des hôtes dont on pouvait dire réellement « les amis de nos amis sont nos amis ». Du matin au soir, dix guides zélés assiégeaient la porte du général Vosseur, vieil ami pour qui nous avions fait le voyage, et à qui on ne laissait même pas le droit de nous conduire ; on apportait à Alfred des curiosités, des antiquités, des photographies, on lui donnait des banquets, et les journaux rendaient compte de ses faits et gestes.

Je voudrais pouvoir nommer tous ceux auxquels son cœur gardait un si tendre ressouvenir de leur bon accueil, parce que je sais que, s'ils se rencontrent jamais, la seule pensée qu'ils ont connu et aimé Alfred, les fera se tendre la main. C'étaient, à Constantinople et à Lisbonne, Carathéodory et Mendès Guerreiro, deux chers amis datant de l'École, Hensman à Londres, Van Mierlo à Bruxelles, Hobrecht à Berlin, Lubelski à Varsovie, le comte de Suzor à Saint-Pétersbourg, Dargaud et Petounikew à Moscou, Kauser à Pesth, Gazis, Balanos, Homère, Aravantinos en Grèce, et, à Turin, cet excellent docteur Pacchiotti, son adepte le plus enthousiaste, qui entretenait avec lui une correspondance si française... J'en passe, car il faudrait nommer tous ceux qu'il a rencontrés !

Tous ces voyages s'accomplirent de 1872 à 1887, car, après avoir visité l'Algérie, à sa sortie de l'École polytechnique, il n'avait fait ensuite, jusqu'en 1871, que de courtes absences; il détestait voyager seul : son plaisir était presque nul s'il ne pouvait le faire partager; il lui fallait quelqu'un à qui il pût communiquer ses impressions, et il ne se lançait dans des excursions que quand des amis pouvaient l'y accompagner. Du reste, il avait toujours eu horreur de se séparer de ce qu'il aimait : on eût dit qu'il avait peur de ne plus le retrouver s'il le perdait des yeux. Tout petit il pleurait si sa mère le laissait pour jouer chez d'autres enfants; plus tard, il fallait le suivre, fût-ce en mettant des bottes, jusque dans les égouts, dans ses tournées d'études. Néanmoins, les voyages en nombreuse compagnie n'étaient guère de son goût, car il était habitué à avoir ses coudées franches; il aimait à aller là où son bon plaisir le poussait, à prendre ses repas n'importe où et n'importe quand : il redoutait la moindre sujétion... fût-ce celle de la table d'hôte, mais s'il pouvait entraîner, pour quelque temps, dans nos excursions, un ami qui l'acceptait pour cicerone et directeur absolu, son plaisir était doublé, et il ne cherchait plus qu'à lui rendre la course le plus agréable possible.

Du reste, à Paris même, il avait besoin aussi d'un ami sûr, d'un confident intime à qui il pût, tous les deux ou trois jours, raconter ce qu'il avait fait, ses espérances, ses projets, ses déceptions, enfin sa vie intellectuelle et *technique*, si je puis m'exprimer ainsi.

Il l'avait trouvé dans un jeune camarade dont le talent musical lui faisait passer, en outre, d'agréables soirées; il jouait un trio, allait se mettre au travail, revenait pour un duo et retournait à ses dossiers, quand il ne les apportait pas près de nous; ni le chant ni le piano ne le troublaient; c'était une des heureuses particularités de cette nature si bien douée, de pouvoir reprendre sa phrase là où il l'avait laissée, sans hésitation : quand dix à quinze visiteurs venaient journellement le déranger dans la matinée, on l'entendait rarement maugréer contre ces importuns; souvent même, si c'était des intimes, il ne posait pas sa plume et répondait à leurs questions en continuant son travail.

Le dévouement avec lequel son « violoneux », comme il disait, aida à le soigner et à le distraire, quand il eut une première attaque de rhumatisme articulaire en 1877, n'avait pas peu contribué à les attacher l'un à l'autre par de solides liens, et ce fut pour Alfred un vrai chagrin (je puis le dire maintenant), quand il le maria avec la fille d'un ami, et brisa ainsi forcément cette habitude presque journalière; il perdait un dévouement toujours prêt, une admiration passionnée, en même temps qu'une intimité intelligente et sûre... mais il les retrouva bientôt dans un ami, plus âgé au contraire, qu'il appelait en riant son « père spirituel », tant il avait confiance dans la droiture de son esprit, dans sa nature loyale, et ennemie, comme la sienne, du mensonge et des compromis. Il ne prenait guère de résolutions graves sans le consulter et, par une touchante réciprocité, l'ami venait chercher son avis dans les cas difficiles. Rarement on vit deux personnes oublier ainsi que vingt ans les séparaient: l'un était plein d'une camaraderie qui lui faisait dire souvent, sans y penser, « à nos âges » mais n'excluait ni le respect, ni la déférence; l'autre s'était rajeuni à ce contact, et abandonnait son travail pour suivre ce gai compagnon, sans même se rendre compte à quel point il était pris et séduit par cette admirable nature.

Tant de choses, d'ailleurs, les rapprochaient : les idées communes en hygiène, le combat qu'ils livraient ensemble à des adversaires qui fermaient volontairement les yeux, les commissions, les voyages les congrès scientifiques!... car, en dehors de ses excursions de plaisir, Alfred allait souvent au congrès de l'Association française pour l'avancement des sciences, dont l'infatigable secrétaire, Gariel, était un des vieux camarades qui formaient notre noyau d'amis; il en animait toutes les excursions par sa gaieté et son entrain, après avoir fait des communications toujours applaudies aux sections d'hygiène, de génie rural ou d'économie politique. Que de charmantes journées passées avec les Schlumberger, les Pamard, les Laussedat, les Lemoine, Henriot, Drouineau... que sais-je! On chantait des opéras entiers, perchés sur l'impériale des breaks, et le bon Pacchiotti nous appelait « la joie des congrès ».

Mais là où il ne manquait jamais d'aller depuis leur fondation en 1878, c'était aux Congrès internationaux d'hygiène, heureux de retrouver ses amis de province et de l'étranger, désireux de porter haut le drapeau de la France et de la représenter aussi dignement que possible, fier de l'influence prépondérante que nos savants avaient dans les discussions, content d'y être appelé « l'apôtre du Tout à l'égout » et se battant avec une énergie courtoise pour défendre ses chères idées.

Du reste il avait des adversaires mais pas un ennemi; l'article du Dr Brouardel, son adversaire le plus déclaré, en fait foi; il entretenait des relations amicales avec ceux-là mêmes qui combattaient ses idées avec acharnement, et finissait presque toujours par les convaincre et les conquérir. C'est cette année même, au congrès de Vienne, que M. Smith, le socialiste anglais, tout en prônant je ne sais plus quel système diviseur au lieu du « Tout à l'égout », disait en même temps que quand il prononçait, dans les quartiers pauvres de Paris, le nom de Durand-Claye, « les ouvriers levaient leurs casquettes ». La phrase a peut-être une tournure un peu anglaise, mais l'éloge ne paraîtra pas trop forcé pour qui sait combien Alfred se dévouait corps et âme aux intérêts des petits, combien il s'occupait de ses ouvriers dont j'ai reçu des lettres si touchantes dans leur simplicité, combien il a fait de conférences, d'abord à l'Association polytechnique, puis dans les quartiers ouvriers, pour tâcher de convaincre de la nécessité urgente de l'air, de la lumière, de l'eau, de la propreté absolue, surtout dans les centres populeux. Il n'épargnait pas les propriétaires qui, disait-il, « faisaient la guerre à l'eau » par économie, ajoutant que l'eau faisait la propreté, la propreté le ménage agréable, et que, quand l'ouvrier rentrait dans sa maison sans la trouver infectée par les mauvaises odeurs, qu'il voyait sa chambre, sa femme, ses enfants propres et lavés, il ne songeait pas à aller au cabaret... qu'on pouvait dire que c'était une utopie, que les gens sont parfois sales de nature, mais que pourtant il est rare, si l'on n'a même pas la peine de monter son eau, qu'on ne s'en serve pas... et les applaudissements de la partie ouvrière de son auditoire prouvaient amplement qu'on lui donnait raison.

Gœthe mourant disait : « Plus de lumière », Alfred et son ami Emile Trélat répétaient sans cesse : « Plus d'eau ».

Dès le second congrès international d'hygiène, en 1878, il avait signé, avec le frère de celui-ci, le Dr Ulysse Trélat, qui l'appuya toujours de son amitié et de sa science, un vœu qui fut voté à l'unanimité en séance plénière « pour que l'introduction de l'eau dans les « logements insalubres, et notamment dans les logements d'ou- « vriers, prenne place comme prescription légale dans les ordon- « nances et règlements de police ».

Cette question et celle du « Tout à l'égout » (un mot qu'il avait pris de son ami vénéré, le docteur H. Guéneau de Mussy) le passionnaient tout autant que celle de la purification par le sol : il y voyait la santé de ses concitoyens, et le seul moyen d'arriver au desideratum du « père de l'hygiène », Sir Edwin Chadwick : *Circulation no stagnation;* aussi celui-ci l'encourageait-il de toute son approbation, l'appelant même « le sauveur de Paris ».

Il se souvenait de ce qu'avait écrit Blanqui, le grand économiste : « J'ai étudié, avec une religieuse sollicitude, la vie privée de familles d'ouvriers, et j'ose affirmer que l'insalubrité de l'habitation est le point de départ de toutes les misères, de tous les vices, de toutes les calamités de leur état social. Il n'y a pas de réforme qui mérite à un plus haut degré l'attention et le dévouement des amis de l'humanité. »

C'était sa pensée constante, le but vers lequel ses yeux étaient sans cesse fixés. Il ne suivait pas cette voie pour qu'elle le menât à la réputation et aux honneurs, mais parce qu'il avait la conviction profonde, basée sur des études poursuivies sans cesse, que c'était la meilleure manière de servir ce Paris où il était né, et la France, et l'humanité. Il savait que, malgré nos désastres, c'est encore chez nous qu'on vient chercher des modèles, et que d'ici la lumière se répand sur l'Europe. Ce ne fut pas sans une satisfaction patriotique qu'il vit les Berlinois, qui jusqu'en 1878 avaient des bassins d'épuration chimique et de dessèchement, y renoncer pour adopter l'épandage sur le sol, et venir à Gennevilliers copier ce qui s'y faisait. Heureux de ce triomphe de la science française, il s'enorgueillit de les guider de ses conseils et de leur fournir tous les renseignements possibles. Aussi, pendant la discussion de la Chambre, M. Hobrecht, le directeur des travaux de Berlin, lui envoyait-il des dépêches pour confondre les dires de ses adversaires, car jamais la moindre plainte ne s'est élevée en ce pays. Il ne pouvait s'empêcher de soupirer, l'été dernier, en voyant qu'en dix ans M. Hobrecht était arrivé à avoir plus de 5,500 hectares, en deux fermes l'une au nord de Berlin, l'autre au sud, et bien plus près de Potsdam que les terres d'Achères, qu'on refuse, ne le sont de Saint-Germain; il fallait bien avouer à M. Hobrecht qu'il avait devancé son modèle, et c'était dur pour son patriotisme souvent mis à l'épreuve, du reste, dans ses voyages: il se dépitait de voir qu'en 1885, 164 villes anglaises pratiquaient déjà ce Tout à l'égout qu'on ne voulait pas adopter à Paris; il se désolait, à chaque amélioration urbaine qu'il voyait, de ne pouvoir l'introduire à Paris, il enrageait des lenteurs de notre progrès sous ce rapport, et ne se consolait qu'en constatant l'honnêteté de *nos* fonctionnaires.

Cependant, malgré que l'assainissement fût son idée constante, il ne s'y cantonnait pas absolument ; les questions agricoles (qui s'y rattachaient du reste) prenaient une certaine importance dans sa vie.

Après avoir fait pendant dix ans des conférences à l'Ecole des Ponts et Chaussées, sur l'assainissement municipal, il y avait été nommé professeur d'hydraulique agricole en 1879, pour remplacer M. Hervé Mangon. Il faisait son cours avec un réel plaisir et un zèle dont ses élèves le récompensaient par une attention et un silence qui le touchaient : « On entendrait voler une mouche ! » disait-il ; aussi restait-il ensuite pour donner des explications complémentaires aux plus zélés, ou aux étrangers qui n'avaient pas bien compris, sans regarder au temps, pourtant si précieux pour lui.

Tous les vendredis, depuis 1882, il allait à la Commission de l'hydraulique agricole au ministère, et s'il ne pouvait plus guère assister aux séances de la Société d'Horticulture, du moins il ne manquait pas d'aller à la Société des Agriculteurs de France où il était président de la commission des engrais et vice-président de la section du génie rural, ni aux séances de la session annuelle où il se battait courageusement contre les protectionnistes.

Seul contre tous il défendit, à la session de 1884, les consommateurs contre les producteurs qui demandaient qu'on mît un droit sur l'importation des blés et fit éclater un formidable orage auquel il tint tête ! « C'était comme une meute déchaînée, » me disait-il en riant ; mais si les esprits s'échauffaient parfois, les cœurs n'y étaient pour rien, et là comme partout il ne comptait que des amis : on ne pouvait lui en vouloir au fond, puisque, suivant sa coutume, il ne faisait que défendre le petit contre le fort, l'ouvrier contre les propriétaires, et que faire appel au patriotisme qui a toujours une corde vibrante dans tout cœur français ! On fermait les oreilles tout en se rendant compte qu'il avait raison, et comme le disait le président, le marquis de Dampierre, seul impartial, on ne voulait pas « entendre des vérités qui déplaisaient ».

Son rêve était de voir substituer aux outils quasi-barbares, que nous trouvions encore dans les provinces éloignées, les machines agricoles ; aux gadoues empuantissantes, le purin et les vidanges ; aux sables arides, la terre par le colmatage et l'irrigation ; aux friches et aux broussailles le gazonnement, protégé par le reboisement, et d'arriver ainsi à ce que l'ouvrier des campagnes, bien vêtu et bien nourri, mangeant du pain de froment au lieu de pain de son, n'eût pas envie de quitter sa province, d'abandonner l'*alma mater* pour venir grossir le nombre des déclassés et des misérables qui affluent à Paris dans l'espoir d'y gagner plus d'argent.

Même à l'étranger le bien rural perdu lui causait de généreuses indignations, et il ne put voir en Grèce les pâtres mettre le feu aux bois, si rares! sans bondir de colère et sans en parler à M. Tricoupis, ni les plaines, jadis fertiles, de la Thessalie rester incultes faute d'irrigations, sans rêver d'y détourner l'eau du Pénée qui les traverse.

Aussi mettait-il tous ses soins à inculquer ses idées aux élèves ingénieurs, et je puis dire, d'après leurs lettres, que tous avaient su reconnaître la haute utilité et l'avenir de cet enseignement trop tôt terminé!

A toutes ces occupations, dont une seule eût suffi à un autre homme, il ajoutait des travaux sur la statistique, dont l'un obtint le prix Montyon, et de nombreuses conférences qu'on lui demandait de tous côtés, et qu'il ne sut jamais refuser, se disant qu'il faut faire entrer la conviction à coups de marteau dans la tête de ses auditeurs. Et après tant de fatigues diverses il restait le même homme tranquille, équilibré, à l'humeur toujours égale et gaie; si jamais la maxime *Mens sana in corpore sano* put être appliquée, ce fut bien à lui! Il n'avait eu que peu des maladies ordinaires de l'enfance, et seulement, en 1877, une attaque de rhumatisme articulaire, venue d'un refroidissement pris à Gennevilliers, et compliquée d'une pleurésie dont il se tira non sans peine, mais dont jamais la plus petite atteinte n'avait reparu jusqu'à cette fatale année! Jamais, en dehors de cela, il ne garda la chambre un jour, et il lui fallait, en effet, une santé bien robuste pour porter le poids de journées remplies comme les siennes et d'un travail aussi lourd que consciencieux.

Du reste il s'était imposé la loi de ne jamais faire le soir que des signatures ou de la correspondance, et savait détendre son esprit, pour ainsi dire, à volonté.

Sans aimer beaucoup le monde il sortait presque tous les soirs : des dîners et des soirées dans une famille nombreuse et chez des amis où l'on se retrouvait entre camarades, et où notre entrée était toujours saluée d'un ah! de satisfaction, le théâtre et les concerts remplissaient bien vite la semaine. Il n'allait que peu dans les grandes réunions, de même qu'il ne se décidait à en donner qu'une ou deux fois par an, mais il adorait avoir des amis à sa table, et pratiquait le précepte *Parva domus* de son cher Horace, qu'il emportait toujours en voyage, n'ayant pas le temps de lire chez lui. Tout était prétexte pour réunir ses fidèles camarades d'École et leurs femmes, et notre cher docteur disait souvent en arrivant : « Qui fête-t-on aujourd'hui? à qui le tour? »

Aussi chaque mardi soir amenait toujours plusieurs de ses bons amis, sûrs de trouver près de lui un accueil cordial, un délassement des soucis du jour, un conseil sage et un appui fidèle. Que de joyeuses soirées de musique, de quadrilles improvisés, de charades où il excellait, et combien ses amis se trouvent désorientés maintenant! C'est que, comme le commandant Delanne me l'écrivait il y a quelques jours, « Alfred était, pour tous les camarades, le type de « cordialité qui fait les relations sûres et agréables. Le temps, les « absences n'y faisaient rien. Quand les hasards de la vie ou de la « carrière vous le faisaient quitter, on pouvait être sûr qu'au retour « il n'avait rien oublié; on retrouvait le même cœur, la même « affabilité. »

C'était vrai! et cela lui attirait tous les cœurs; aussi la maison du « major » était le lieu de réunion où les provinciaux étaient sûrs de toujours trouver des nouvelles des camarades, quand ce n'étaient pas les camarades eux-mêmes; la table était vite mise pour un oiseau de passage et la bande réunie; ceux de Paris savaient qu'ils se retrouveraient là le mardi soir s'ils voulaient se voir. Alfred était le lien qui retenait la gerbe de tant d'amitiés... Le lien est tranché, et les épis sont dispersés maintenant!

Parfois cependant il étendait le cercle de ses invitations et ne craignait même pas de convier ses élèves à venir le voir jouer la comédie... à condition qu'ils dansassent, car il ne comprenait pas qu'un jeune homme ne sût pas être « jeune » et s'amuser. Seulement il leur disait, comme dans le toast qu'il porta à notre dernier souper, le mardi de Pâques, que, s'il fallait s'amuser pour se détendre, il ne fallait jamais que la détente arrivât au relâchement, qu'il fallait travailler *toujours;* travailler pour son contentement personnel, travailler pour la France qui avait besoin d'être gardée haut à l'étranger; qu'il fallait avoir des amis et non des compagnons de plaisir...

et il leur citait son exemple et celui de son camarade Pillet, assis en face de lui, un inséparable, aussi gai, aussi travailleur que lui-même.

C'était le dernier enseignement qu'il devait leur donner!

Combien c'était touchant, dans ces occasions, de voir la camaraderie sans morgue du professeur, la camaraderie respectueuse et affectueuse des élèves! L'un d'eux me le disait : « Mais, M. Durand-Claye, ce n'est pas un professeur pour nous, c'est un frère aîné. » Cependant sa bonhomie même n'avait inspiré partout que le respect.

Il en était ainsi pour ses employés : il obtenait d'eux par affection ce que d'autres eussent eu peine à arracher par devoir. Ses chefs de bureau restaient avec lui jusqu'à sept heures : M. Corot, par exemple, lui fournissait une somme de travail énorme, revenait au bureau le dimanche, sans en tirer d'autre profit qu'une approbation qu'il prisait plus que tout. Il rencontra en M. Masson un adepte plein de ferveur et dont il était même parfois obligé de modérer le zèle. Il y avait autour de lui, jusque chez les plus modeste employés, jusque chez les ouvriers jardiniers et égoutiers, des dévouements à toute épreuve, et qui sont restés, chose rare, fidèles à sa mémoire. L'un d'eux m'écrivait : « Ce n'est pas un chef que nous perdons, c'est un père, c'est notre appui... Qu'allons nous devenir ? » Et les larmes de tous ces pauvres gens, au cimetière, ne sont-elles pas le plus bel éloge qu'on puisse faire d'un supérieur?

Spontanément, quand ils apprirent, en 1885, qu'Alfred était nommé officier de la Légion d'honneur, ils ouvrirent une souscription pour lui offrir un souvenir à l'occasion d'un événement dont la gloire leur semblait rejaillir sur eux; ils ne voulurent même pas y admettre les employés du nouveau service qu'Alfred venait de prendre, et je dus modérer leur zèle et m'opposer à leurs désirs dispendieux quand ils me consultèrent sur le choix d'un bronze : « Eh bien! ce sera pour la croix de commandeur! » dirent-ils pour se consoler; et ils choisirent le soldat de Marathon, triste emblème du sort qui attendait celui qu'ils fêtaient, si plein de vie et d'espoir alors!

Mais je ne pus les empêcher d'apporter des fleurs, des adresses, et la harangue étranglée d'émotion de M. Locquet était plus touchante dans sa simplicité que n'importe quel pompeux discours : je doute qu'une pareille scène se rencontre souvent. C'était de part et d'autre une simplicité et une émotion dans le don et dans la réception qui prouvaient combien les uns avaient de joie à donner, combien l'autre, par les sentiments dévoués et affectueux qu'il éprouvait pour ses employés, trouvait naturel de recevoir.

La vie était donc pour lui douce et heureuse. Il n'avait pas d'enfants, c'est vrai, mais je n'ai jamais eu lieu de croire qu'il en souffrît ; quelques tristes exemples l'avaient plutôt effrayé à cet égard... et puis des enfants eussent dérangé l'équilibre de sa vie, son travail, ses voyages... il n'eût pas pu m'avoir sans cesse dans son cabinet, — et il disait quand on lui en parlait : « Bah! cela aurait plus de mauvais que de bon pour nous... Il y a des gens pour qui c'est très malheureux de n'en pas avoir; mais nous, nous nous suffisons bien! » Grâce à sa facilité d'accommodation, s'il recevait ses amis avec cordialité et empressement, il était aussi ravi de passer une soirée tranquille à jouer du piano, à regarder les milliers de photographies que nous avions rapportées de nos voyages et les bibelots dont il avait rempli sa maison jusqu'à en faire un vrai musée, ou bien de jouer au coin du feu, avec son ami, une partie de whist, qui ne méritait guère son nom alors, car Alfred y racontait tout ce qu'il avait fait dans la journée... et ses journées étaient remplies!

Il avait une campagne, où il aimait à convier cet ami fidèle pour travailler, et à réunir ses camarades et leurs enfants. Du samedi au lundi, les chambres étaient bondées ; mais chacun avait sa liberté : la Bretèche était assez grande pour qu'on pût s'isoler, et, tout le premier, il quittait la partie de boules pour aller faire un rapport... il n'eût pu passer un dimanche sans travailler! C'était là qu'il pouvait le faire tranquillement, sans être dérangé par ceux qui l'assaillaient à Paris; c'était là qu'il avait achevé son rapport sur l'Exposition de 1878. Le soir et le matin, la table mise au jardin réunissait tous les hôtes : comme il se rattrapait alors de son travail! Mais qu'on fût quinze ou deux, il était aussi gai et aussi content. Enfant gâté il avait été, homme gâté il fut... Comment ne pas chercher à complaire en tout à cette heureuse nature, toujours satisfaite, toujours reconnaissante, toujours égale? Comment ne pas chercher sans cesse à écarter les préoccupations de sa vie et à lui ménager des plaisirs dont le moindre le ravissait? Un autre, à sa place, fût devenu égoïste; lui resta tendre et aimant; jamais un mot plus haut que l'autre ne sortit de sa bouche, même dans les discussions politiques (et il en avait hebdomadairement avec son ami!). En dix-sept ans, je ne le vis que trois fois en colère : deux fois contre des domestiques insolents qu'il renvoyait, et la troisième parce qu'il trouvait chez lui en rentrant des papiers qu'il avait envoyés d'urgence à Gennevilliers, où on les attendait. Je ne dis pas qu'il n'eût jamais d'impatiences; mais le temps d'envoyer chercher le coupable, la voix s'apaisait, et ce n'était plus qu'une observation qu'il faisait; je n'ai jamais pu obtenir qu'il grondât quelqu'un.

Un autre aussi eût été grisé des éloges qu'on lui prodiguait, des succès qu'il obtenait chaque fois qu'il parlait en public; jamais sa modestie n'en reçut la moindre atteinte; jamais il ne fit sentir sa supériorité, bien qu'il eût le très juste sentiment de sa valeur. Et comment ne l'eût-il pas eu, avec toutes les lettres élogieuses qu'on lui adressait, avec l'accueil enthousiaste qu'il recevait à l'étranger où l'on dit : « Faire du Durand-Claye », pour dire faire de l'irrigation avec les eaux d'égout. Jamais, revenu en France, il ne soufflait mot de ces choses, même à ses amis, pas plus qu'il ne leur parlait des tracasseries dont on l'abreuvait souvent! Modéré et pondéré en tout, il n'aimait pas à se mettre en avant; il ne s'y trouvait que par la force des choses, et parce que sa grande facilité d'élocution l'emportait. Il était bien rare qu'il ne prît pas la parole aux banquets, où il allait (quand il ne pouvait s'en dispenser, car il préférait son « home »); mais jamais ce n'était prémédité ni préparé, pas plus qu'il n'écrivait une conférence ou ce qu'il devait dire dans une discussion. Aussi il était bien embarrassé quand on venait après le lui demander.

Même aux dîners d'amis il se laissait volontiers aller à son improvisation, où il y avait toujours quelque chose de « trouvé », de personnel, de gai ou de touchant, qui séduisait tout le monde.

Certes, comme chacun ici-bas, il avait eu sa part de chagrins. Il avait perdu, en 1874, cette mère qui l'avait si bien élevé, tout en l'adorant; en 1876, la femme de son frère aîné, une amie d'enfance enlevée au moment où nous la croyions hors de danger! En 1883, sa sœur aînée qui sut ne pas survivre à son mari plus de quinze jours! Celui-ci aussi avait été emporté presque subitement, et malgré les trente ans qui le séparaient d'Alfred, c'était, par sa verdeur et son entrain, un vrai camarade. Enfin, un an juste avant Alfred, la sœur qui l'avait tant aimé et choyé, s'en allait à son tour, si cruellement malade que nous ne pouvons plus la regretter maintenant, car la mort du frère qu'elle aimait tant, et dont elle rappelait toujours avec orgueil qu'elle avait été la première éducatrice, l'eût achevée sûrement. Une douleur au moins lui a été épargnée.

Mais l'élasticité d'esprit d'Alfred, la philosophie douce qui était le fond de son caractère, la distraction forcée d'un travail passionnant, faisaient que ces tristes événements avaient moins de prise sur lui que sur d'autres, et il disait : « Ma mère m'a enseigné que ce n'est pas en pleurant les morts qu'on les honore, et que cela ne peut leur faire aucun plaisir de nous voir nous consumer dans le chagrin. » Heureux homme, qui pouvait mettre ses principes en action! Il est vrai que, pourvu que je fusse là, il lui semblait qu'un vrai malheur ne saurait jamais l'atteindre!

C'était la même philosophie, le même dédain des jalousies mesquines et des basses envies qui lui avaient fait dire, dans des vers qu'il m'écrivait pour ma fête, au dos du portrait qui est en tête de ce volume :

> De ton époux, ma chère, accepte ici l'image.
> Pour les uns, c'est un fou; pour d'autres, c'est un sage.
> Laissons parler les gens. . . . .

Mais était-il aussi philosophe pour les petites tracasseries souvent renouvelées, pour les inquiétudes relatives à l'œuvre dont il avait fait le but de sa vie? C'est ce que nous nous demandons maintenant avec angoisse, bien que, tout en s'en plaignant, il fît mine de les traiter de haut! Deux ou trois fois il voulut donner sa démission à la Ville. Le chagrin de laisser son œuvre inachevée, l'appui des conseillers municipaux le retinrent... et peut-être vivrait-il encore s'il n'avait pas eu ce dévouement à une chose qu'il avait faite sienne, qui formait, pour ainsi dire, partie de sa chair et dont il ne pouvait s'arracher!

Son service avait été encore surchargé : depuis 1885, on y avait ajouté les égouts en lui donnant le titre d'ingénieur en chef du service de l'assainissement général de Paris. Sa volonté de tenir ces égouts dans une propreté parfaite, tout en y jetant les matières excrémentitielles des maisons, lui donnait fort à faire; de plus la Chambre se décidait à discuter enfin le projet de loi pour la cession à la Ville des terrains domaniaux afin d'étendre le champ des irrigations, et il fallait courir les ministères, voir les députés, les conduire à Gennevilliers, etc.

C'était une question grosse d'orages, qui avaient déjà éclaté bien des fois : sous prétexte que quelques *tirés* rabougris qu'on demandait en plus des deux fermes appartenant à l'État, faisaient partie de la forêt, les gens de Saint-Germain criaient qu'on détruisait leurs ombrages et leur villégiature. Ceux de Maisons gémissaient, sans doute parce qu'on purifiait la Seine qui les infectait (à moins que ce ne fût pour se servir de l'affaire comme tremplin politique)... et ceux de Gennevilliers se plaignaient aussi, mais, eux, parce qu'ils craignaient qu'on ne leur donnât plus assez d'eau d'égout! Personne n'était donc satisfait, sauf les gens d'Argenteuil et de Montesson qui espéraient prendre, au passage du canal, l'eau dont ils voyaient les effets bienfaisants chez leurs voisins, et qui lançaient leurs pétitions contre celles des opposants.

Mais si ceux-ci avaient mêlé la politique à leur affaire, ils furent bien près, faute de raison péremptoire, d'y mêler les horions. Dans une tournée que fit le Conseil municipal, ils arrêterent les voitures, proférèrent des menaces et faillirent écharper quelques-uns des assistants. Comme si, en Angleterre et en Allemagne, il n'y avait pas des irrigations à l'eau d'égout au pied des villes, et même des villes d'Eaux, telles que Tunbridge Wells, sans que personne s'en soit jamais plaint!

Longtemps arrêté par tous ces mauvais vouloirs, le projet de loi arrivait enfin à la Chambre cette année, au moment même où le Conseil municipal désirait voir créer une direction de l'assainissement pour la donner à Alfred, et où, en conséquence, les tracasseries tournaient en véritable lutte et allaient même jusqu'aux diffamations.

Les débats de la Chambre, où il retrouvait contre lui ceux de ses collègues qui l'avaient tant combattu à la Société de Médecine publique qu'ils l'en avaient éloigné; la partie, crue perdue un instant, puis gagnée grâce au talent du ministre des Travaux publics, M. Loubet; l'irritation d'assister d'une loge à cette discussion sans pouvoir donner les arguments péremptoires qu'elle lui suggérait, tout cela dut avoir une influence néfaste sur sa santé!

On ne pouvait s'en douter tant son égalité d'humeur, sa philosophie étaient restées les mêmes; il s'arrangeait de tout : ses adversaires avaient porté à la Chambre la question du Tout à l'égout sur laquelle elle n'était nullement appelée à donner son avis, il trouva que c'était mieux ainsi, tandis que nous nous insurgions contre ce détour, et après le discours du Dr Chamberland, si catégoriquement approbateur, il disait : « Qu'ils nous donnent ou non les terrains d'Achères, cela m'est égal maintenant, le Tout à l'égout est voté... nous irons ailleurs, voilà tout ! » De même après une scène regrettable au Conseil municipal, où quelqu'un l'avait accusé fort injustement, il se contentait de promener avec lui un dossier de pièces heureusement datées et retrouvées, en disant qu'il avait là-dedans de quoi confondre ses calomniateurs, et que cela l'amusait plus de les voir s'enferrer que de lutter contre eux.

Mais qui peut répondre que la santé, que le cœur surtout, qui l'a emporté, ne reçurent point des chocs malgré cette philosophie ! Du reste, on eût dit qu'il se doutait que cet hiver lui serait funeste ; il se lassait de ses rigueurs prolongées et gémissait chaque matin en voyant son jardin sous la neige ou la pluie; cependant jamais la pensée de la mort n'était entrée dans cette tête si jeune et si fraîche d'idées et d'aspirations! Il travaillait sans fatigue, apparente du moins, et comptait bien travailler encore longtemps ; il avait tant de projets ! ses deux cours à imprimer, un livre sur l'hygiène, un sur l'assainissement, un sur Gennevilliers... mais il ajournait tout cela, « après le vote du Sénat sur Achères ». Il était presque sûr du succès là, après le triomphe que ses idées avaient remporté à la Chambre, mais il s'en occupait néanmoins activement et ne prenait de répit que pour ranger et faire relier les livres qui lui arrivaient, ou qu'il achetait, de tous côtés; il avait fallu refaire des bibliothèques, et on devait apporter la dernière le 28 avril. Il ne s'occupait que de cela pendant sa maladie, me faisait placer les envois du relieur, indiquant sans se tromper la place précise où je devais poser les ouvrages. Depuis trois mois il n'entrait plus dans son cabinet sans dire : « Je suis sûr qu'il n'y a pas au monde une bibliothèque technique comme la mienne... ni si bien rangée surtout ! » et un remerciement suivait toujours pour son aide, à laquelle il se plaisait à rapporter toutes les « bonnes idées ». Il était si reconnaissant des moindres choses que c'était un bonheur de le servir, et de l'égoïsme de travailler pour lui!

C'est que l'ordre était une de ses grandes qualités; il eût pu dire avec Franklin : « Une place pour chaque chose, et chaque chose à sa place. » Tout était étiqueté, classé, et chaque perfectionnement de rangement lui était une joie ; il disait souvent à un de ses amis, qui ne pouvait jamais retrouver ses papiers : « Je serais bien malheureux si j'étais comme vous ! jamais je ne pourrais travailler ! » Hélas ! tout cet ordre, tout ce classement a été inutile ! il ne devait plus consulter ses chers livres, pas plus qu'il ne devait voir son œuvre triompher au Sénat : comme Moïse, il mourut en vue de la terre promise !

L'hiver prenait fin, sans cesser ses rigueurs : Alfred recommençait son cours aux Beaux-Arts. A l'issue de sa seconde leçon il passa d'une pièce surchauffée dans une pièce froide où un carreau était cassé depuis deux mois ! Il y resta une demi-heure et donna des conseils, comme d'habitude, à ceux de ses élèves qui voulaient le consulter ; il prit froid et fut sous une mauvaise influence le reste de la semaine sans en parler, tant il était peu habitué à se plaindre. Le dimanche 15 avril le soleil parut enfin, et il se hâta d'aller à cette campagne d'où le froid l'avait tenu éloigné tout l'hiver, pour y décider des travaux à faire ; jamais il ne fut plus gai, plus « en train »... tous les jeux y passèrent, jusqu'au whist ! Le lundi, il déjeunait chez son cher Emile Trélat, travaillait toute la journée à son bureau, faisait de la musique le soir... et se réveillait le mardi avec un rhumatisme articulaire. Alors seulement il avoua qu'il avait senti qu'il prenait froid aux Beaux-Arts !

Mais son vieil ami, le docteur Féréol, qui l'avait sauvé en 1877, dit que cette fois ce serait l'affaire de quelques jours seulement, interdisant cependant toute occupation d'affaires, et même les longues visites : il craignait toujours pour sa tête, sachant que l'ardeur de la pensée, la fécondité de l'esprit ne sont pas des dons gratuits et que, lorsqu'on les dépense sans compter, on les paie souvent de sa vie !... mais cette fois nulle complication ne survenait, et au bout de la semaine, il commençait à se lever une heure presque chaque jour.

Il ne se plaignait pas, faisait mille projets et lisait tranquillement Labiche ou Thiers, sans même vouloir recevoir ses amis, sauf deux ou trois intimes qui venaient le voir à tour de rôle, tant il voulait se conformer aux prescriptions du docteur qui craignait qu'on ne lui parlât du projet d'Achères, arrivant alors au Sénat.

Du reste, jamais meilleur ni plus patient malade n'exista ! Pourvu qu'on s'occupât de lui, il souffrait sans se plaindre, et il mourut au moment où il disait à son ami Chérot qui s'étonnait de ce qu'il n'eût pas, comme lui, des malaises : « Mais non, jamais!... je ne sais même pas ce que c'est que les maux de tête... J'ai mes rhumatismes, voilà tout!.. et encore je n'ai pas eu une douleur depuis onze ans. J'ai été malade trois mois alors, cette fois-ci je m'en tirerai en trois semaines... et la prochaine fois, dans dix ans, en huit jours. » Le sort cruel le punit de cette confiance sereine! Il n'acheva pas la phrase qu'il répondait à Chérot qui lui disait: « Tu paies tes maladies comme tes contributions, en une seule fois! » Son rire s'éteignit dans un spasme. Je ne pus lui faire dire autre chose que : « J'étouffe, » et quand un médecin, notre voisin, arriva dix minutes après, il n'osa pas me dire que ce n'était plus qu'un mort que je tenais dans mes bras.

Ceux qui l'ont vu savent quelle tranquille sérénité, quelle calme douceur, quel léger sourire même, restèrent sur son visage pendant trois jours! Il s'était endormi au milieu de ses amis; nul ne l'avait touché, que des mains aimées, grâce à l'aide de notre pauvre docteur accouru, plein d'angoisses, au premier appel, et l'on eût dit qu'il nous en gardait de la reconnaissance : Guieysse même me priait de le faire photographier ainsi, mais il eût fallu introduire près de lui des étrangers, le quitter, lui qui ne voulait jamais se séparer de moi, et qui n'avait pas su m'emmener cette fois! C'était la première peine qu'il me causait!

C'est au moment où l'on s'y attendait le moins qu'il avait été frappé ; il disait qu'il avait dormi comme lorsqu'il était en bonne santé; Féréol l'avait ausculté à midi, lui avait permis de passer deux heures sur sa chaise longue. Il voulut même dicter à M. Corot, qui venait aider chaque jour à le lever (avec la consigne de ne jamais lui parler de son bureau), une lettre qu'on trouvera plus loin, lui qui ne voulait plus s'occuper d'affaires, pour obéir au docteur! On eût dit qu'un pressentiment lui faisait affirmer une dernière fois ses chères idées! Il venait de me plaisanter gaiement sur le temps que nous avions mis à dîner, se plaignant de ce qu'il ne m'avait pas vue lorsque j'étais entrée sans bruit auparavant pour voir s'il dormait... et c'est ainsi qu'en vingt minutes, moins peut-être! le vendredi 27 avril, à dix heures du soir, une embolie emportait un esprit qui ne connut jamais la défaillance, une vie qui n'encourut jamais le reproche! Ouvrier de la bonne tâche, il la quittait involontairement avant l'heure, emportant les regrets de tous ceux qui l'ont approché, laissant désolés tous ceux qui l'ont connu, et désespérés ceux dont il était l'ami.

C'est que, pour tous, il avait été sûr et fidèle. M. Alphand a dit, dans le discours qu'il prononça au cimetière, qu'il perdait gaiement la bataille et ramassait ses morts et ses blessés... On ne lui en vit jamais perdre qu'une seule, à la Société de Médecine publique ; partout ailleurs, même au Conseil municipal, il les gagna toutes; mais en effet il n'abandonnait jamais ses soldats; il soutint toujours ses amis, répondant d'eux corps pour corps (l'un d'eux en sait quelque chose), et jamais il ne s'effaça derrière un subordonné pour sauver la situation. Il avait suivi le précepte de John Lubbock : «Le vrai devoir de l'homme est d'être heureux, et de rendre heureux ceux qui l'entourent », et il l'avait si largement mis en pratique qu'il n'avait jamais vu que des sourires autour de lui, sans même se douter souvent qu'ils n'étaient que le reflet du sien.

Aussi la stupeur et la douleur furent-elles générales, et les marques de sympathie affluèrent-elles. Depuis le préfet de la Seine jusqu'aux ouvriers égoutiers; depuis le directeur de l'École des Ponts jusqu'aux plus petits employés, chacun vint ou télégraphia dès que le bruit de sa mort se répandit, ne pouvant croire qu'il fût foudroyé ainsi avant 47 ans, dans toute sa force et dans la plénitude de ses rares facultés!

La cérémonie eut lieu le lundi 30 avril; si le pauvre Alfred, qui aimait les beaux enterrements au point de se déranger de table quand il en passait sous ses fenêtres, a pu voir ce char croulant sous les fleurs et les couronnes apportées de toutes parts, ces milliers de personnes qui obstruaient toute la rue de Clichy et surtout les regrets qu'elles faisaient éclater, les exclamations désolées qui partaient de toutes les bouches, s'il a pu entendre les discours pleins d'éloges qui faisaient, au cimetière, verser les pleurs de tous, il a dû, une dernière fois, être content!

Du reste, c'est la mort qu'il rêvait, tout en faisant des projets de vieillesse. Il n'eût pas voulu voir ses facultés dépérir, et préférait « mourir entier ». Qui eût cru qu'il serait exaucé quand elles croissaient encore, et qu'il avait devant lui tant de bien à faire! Pourquoi Dieu l'avait-il créé si parfait pour le reprendre avant qu'il eût achevé sa tâche, quand tant d'êtres inutiles restent sur terre! « Ceux qui meurent jeunes sont aimés des dieux », mais que leur ont donc fait ceux qui restent? Était-ce une inspiration qui lui faisait dire, le 18 mars 1887, à l'enterrement de Fabien, un employé zélé qui, malade de la poitrine, n'avait jamais voulu abandonner son poste à Gennevilliers, les paroles par lesquelles je terminerai ces détails de sa vie — que ses amis ne trouveront pas trop longs, j'espère, — et qui peignent bien la pensée intime de cet homme de devoir avant tout : « Il « est mort le tire-ligne à la main et les bottes de chantier aux pieds. « C'est un noble exemple qu'il nous laisse. Espérons qu'il n'est pas « mort tout entier, et qu'il jouit pour l'éternité de la juste récom- « pense de sa vie si bien remplie. Pour nous, il nous confirme dans « la voie que nous devons suivre : faire notre devoir, toujours et « jusqu'au bout. »

E. D.-C.

OBSÈQUES

Les obsèques de M. Alfred Durand-Claye, ingénieur en chef des Ponts et Chaussées, ont été célébrées hier lundi, à dix heures, en l'église de la Trinité.

Depuis la veille, le corps avait été placé en chapelle ardente au rez-de-chaussée de l'hôtel qu'il occupait rue de Clichy, dont l'escalier et le vestibule étaient tendus de draperies noires lamées d'argent.

Sur le cercueil étaient placées toutes les décorations du défunt.

Parmi les nombreuses couronnes posées sur le corbillard et portées à bras, on distinguait la superbe couronne de roses et de violettes envoyée par le personnel du service des irrigations, celles du Syndicat des cultivateurs et de l'Union des propriétaires de Gennevilliers, de la Chambre syndicale des ouvriers égoutiers, du service des travaux de Paris, des élèves de l'École des Ponts, des élèves de l'École des Beaux-Arts, des services du curage et de l'assainissement, etc.

Les glands du poêle étaient tenus par M. Poubelle, préfet de la Seine; Alphand, directeur des travaux de Paris; Lagrange, directeur de l'École des Ponts et Chaussées; P. Dubois, directeur de l'École des Beaux-Arts; E. Trélat, directeur de l'École spéciale d'architecture; Choisy, ingénieur en chef des Ponts et Chaussées; et J. Pillet, professeur aux Écoles des Ponts et Chaussées et des Beaux-Arts.

Le deuil était conduit par MM. Léon Durand-Claye, ingénieur en chef des Ponts et Chaussées, et G. Durand-Claye, frères du défunt, et par M. Pelletier, ancien directeur de l'administration générale de la Ville de Paris, oncle de Mme Durand-Claye, laquelle s'était rendue directement à l'église.

Les honneurs militaires étaient rendus par une compagnie d'infanterie.

Enfin, les différents services à la tête desquels M. Durand-Claye a été placé avaient envoyé de nombreuses délégations.

Une foule émue se pressait dans l'intérieur et aux abords de la Trinité, pour rendre hommage à un homme universellement aimé et estimé.

Au cimetière Montmartre, mille à quinze cents personnes s'étaient réunies autour du cercueil pour entendre les discours qui ont été prononcés.

MM. Darlot, président du Conseil municipal, Poubelle et Alphand ont rappelé la belle carrière de M. Durand-Claye et surtout insisté sur la grande place qu'il occupera dans la science de l'économie urbaine. MM. Lagrange et P. Dubois ont ensuite pris la parole, puis MM. J. Pillet, au nom des camarades du défunt, et Émile Trélat, comme son ami particulier.

(Tiré du *Gaulois*, de l'*Estafette*, du *Gil Blas*, etc., du 1er mai.)

DISCOURS DE M. DARLOT

PRÉSIDENT DU CONSEIL MUNICIPAL

MESDAMES,
MESSIEURS,

La mort subite de Durand-Claye est une perte irréparable pour la Ville de Paris.

Après Couche, Bartet et André, Durand-Claye a succombé, dans la plénitude de l'âge et du talent, au moment de voir la réalisation d'une réforme capitale, à laquelle — comme ingénieur de la Ville et comme hygiéniste — il s'était voué tout entier.

Lui-même s'était dénommé l'apôtre du « Tout à l'égout », et, propagateur admirable, il avait fait enfin triompher son œuvre, grâce à une énergie que rien n'a pu rebuter.

Un autre, plus autorisé que moi, vous dira la valeur scientifique et technique de l'éminent ingénieur que Paris vient de perdre.

Il vous retracera cette carrière si pleine, si utile, si brillante. Il vous exposera comment il résolut ce problème éminemment parisien de l'utilisation des eaux d'égout; avec quelle méthode il sut continuer l'œuvre de Belgrand, le créateur de notre système de canaux souterrains; il rendra témoignage au labeur incessant et fécond de cet infatigable serviteur de Paris.

Je me bornerai, quant à moi, à rendre hommage à la mémoire de l'homme qui, de haute lutte, avait fini par gagner à son idée la plupart des hygiénistes de toutes les nations, qui avait réussi à faire partager son opinion à la majorité des représentants de notre cité.

Dans les congrès scientifiques, comme dans nos commissions municipales, son influence était considérable, surtout parce qu'on sentait que, s'effaçant toujours devant ses idées, il mettait à leur service une science réelle, une conviction profonde, une expérience toujours accrue et un véritable désintéressement.

Passionné pour tout ce qui touche à l'assainissement de Paris, il se fit le vulgarisateur des principes d'hygiène qu'il travaillait à y faire appliquer, et c'est ainsi qu'il fit à l'Association polytechnique des leçons très remarquées et qu'il créa des cours en faveur de l'Association des ouvriers plombiers.

Son œuvre d'ingénieur et les nombreux ouvrages qu'il laisse assurent à son nom une place considérable dans les annales parisiennes.

Il restera dans notre souvenir, comme dans le cœur de ses collaborateurs, qui rendent tous pleine justice à la droiture de son caractère, à son esprit libéral, à son équité, comme la personnification d'un ingénieur savant, studieux, passionnément dévoué à Paris.

Au nom du Conseil municipal, j'adresse à sa famille l'assurance de nos regrets, et je dis un dernier adieu à celui qui fut Durand-Claye.

DISCOURS DE M. POUBELLE

PRÉFET DE LA SEINE

Messieurs,

Je viens, comme Préfet de la Seine et au nom de la Ville de Paris, exprimer la douleur et les regrets que nous cause la mort inattendue et prématurée de M. Alfred Durand-Claye. Sa vie peut se résumer en deux lignes : dévouement à la science et aux intérêts sanitaires de Paris. Entré le premier à l'École Polytechnique, et plus tard à l'École des Ponts et Chaussées, d'où il sortit encore le premier, il avait dû à ce brillant succès le poste si honorable de secrétaire du Conseil général des Ponts et Chaussées. Belgrand l'y remarqua et l'appela comme ingénieur ordinaire au service de l'assainissement, à la tête duquel je l'ai placé plus tard comme ingénieur en chef.

Durand-Claye consacra, avec passion, toutes les ressources de son intelligence et de son activité à ce service si attachant par les problèmes qu'il soulève. Il en avait compris toute l'importance. Le maintien de la santé chez l'homme et dans les agglomérations humaines a, en effet, ses exigences impérieuses. Les résidus de la vie, s'ils ne sont éliminés, sont promptement délétères. L'entassement des populations sédentaires aggrave le danger par le voisinage de l'homme. Si, au contraire, ces détritus sont aussitôt enlevés, transportés au loin et mêlés à la terre, leurs éléments s'engagent dans des combinaisons nouvelles. Les plantes reprennent ce que l'animal a rejeté, la fertilité des campagnes est accrue, la salubrité des villes obtenue, enfin le circuit de la vie commune rétabli pour la santé et le bien-être de tous.

Rien n'est petit, rien n'est vil dans les soins et les précautions qui tendent à maintenir cet équilibre des échanges, sans cesse menacé, entre la vie animale et la vie végétale. Par la fertilisation des champs, procurer l'assainissement des villes, quel plus digne objet des préoccupations, des entreprises et des travaux d'une grande administration ?

C'est l'œuvre que poursuit depuis de longues années la Ville de Paris. C'est l'œuvre dont Durand-Claye s'était fait l'apôtre éloquent et le propagateur infatigable : discours, conférences, brochures, voyages, rien ne lui coûtait pour répandre partout ses idées, ses convictions. Sa notoriété était devenue européenne, et il ne se tenait nulle part une assemblée d'hygiénistes sans que Durand-Claye y fût appelé, sans qu'il y accourût, avide de se mêler à la discussion et de trouver des occasions de s'instruire, et, plus souvent, d'enseigner.

Ce qu'il voulait surtout, c'était appliquer. La propagande de ses idées tendait à leur réalisation. Déjà il avait donné dans les arrosages de la presqu'île de Gennevilliers la démonstration pratique de l'innocuité et des avantages de l'emploi agricole des eaux d'égout. L'empressement de la municipalité de Gennevilliers à se joindre à nous, pour rendre les derniers devoirs à celui que toute la population de ce vaste territoire considère comme un bienfaiteur, témoigne assez que, dès cette première étape, il y avait bataille gagnée. Malgré de vives résistances, la Chambre des députés venait d'autoriser un nouveau pas en avant, et bientôt Durand-Claye allait remporter, dans les champs fertilisés d'Achères, une nouvelle victoire, lorsque la nature stupide, qui frappe sans pitié les enfants qu'elle semblait avoir pris le plus de soin à former, nous l'a enlevé brusquement, à un détour du chemin, alors que s'ouvraient encore devant lui les perspectives d'une longue carrière.

En face du cercueil de cet homme, hier encore brillant d'activité et de force, qui ne se sentirait frappé une fois de plus de la fragilité de notre existence et de la vanité de nos prétentions! Oui, sans doute, les rivalités mesquines, les ambitions vulgaires, les haines sans nom, qui remplissent le cœur de tant d'hommes, paraissent plus misérables encore en présence de la mort. Mais dans la mort même grandit, au contraire, la figure de ceux dont les sentiments et les actes ont eu surtout pour but l'intérêt général et l'amélioration de la condition humaine, toujours si précaire. Ces morts-là se survivent dans leurs œuvres. Après eux, leur exemple excite encore une noble émulation. D'autres poursuivront ce qu'ils ont commencé et le bien qu'ils ont voulu sera accompli.

Hélas! cela ne console aujourd'hui ni la famille en deuil, ni les amis qui, à cette heure cruelle, éprouvent tous les déchirements de la séparation; mais lorsque le temps aura fait son œuvre d'apaisement, la justice et les honneurs rendus à Durand-Claye mêleront à leurs regrets un légitime sentiment de fierté. Ils comprendront alors que celui qu'ils pleurent n'a pas disparu tout entier, puisque ce qu'il y avait en lui de meilleur, sa pensée et ses actes, ont trouvé pour les recueillir et les conserver pieusement le cœur fidèle des siens, le souvenir reconnaissant de ses concitoyens, les annales de la science et l'histoire de la cité.

DISCOURS DE M. ALPHAND

DIRECTEUR DES TRAVAUX DE PARIS

Messieurs,

Permettez-moi d'ajouter un mot aux éloquentes paroles qui viennent d'être prononcées par M. le Président du Conseil municipal et par M. le Préfet de la Seine. La carrière du collaborateur que je viens de perdre a été consacrée tout entière au bien de la ville de Paris où il est né, et qu'il n'a jamais quittée.

Sorti le premier de l'École des Ponts et Chaussées, où il était également entré le premier, comme à l'École polytechnique, il avait eu l'heureuse fortune d'être nommé à vingt et un ans secrétaire du Conseil général des Ponts et Chaussées. C'est dans ce poste si envié que Belgrand put le remarquer, et, ayant pu se rendre compte de ses brillantes facultés, il voulut l'associer à ses études et à ses travaux. Il lui confia, sous les ordres de M. Mille, le service de l'assainissement de la Seine, et c'est à cette tâche si vaste, si ardue et toute nouvelle que Durand-Claye a dévoué sa vie. Lorsque j'ai eu l'honneur de succéder à Belgrand, l'éminent ingénieur que nous regrettons tous, j'ai pu connaître Durand-Claye particulièrement et, appréciant ses qualités et sa science consommée, je n'ai pas hésité à proposer à M. le Préfet de la Seine et au Conseil municipal de créer pour lui un nouveau poste d'ingénieur en chef. C'était lui donner ainsi les moyens de poursuivre avec plus d'autorité le grand projet d'assainissement de la Seine par l'utilisation des eaux d'égout.

Vous connaissez tous, Messieurs, l'économie de ce projet; vous connaissez aussi les essais si concluants de la plaine de Gennevilliers, et quand j'aperçois autour de moi les représentants les plus autorisés de la Municipalité de ce pays, qui sont unanimes à manifester leurs regrets, je puis dire que c'est là le témoignage le plus probant en faveur d'un projet dont les essais modestes ont pu si complètement transformer et améliorer une région jusqu'alors rebelle à toute culture. Je vois aussi les regrets que la perte de Durand-Claye inspire à tous ceux qui l'ont approché, à ses collaborateurs aussi bien qu'à ses subordonnés, car il avait toutes les qualités d'un chef de service éclairé et juste autant que ferme et persévérant.

. . . .

Dans les discussions ardentes et passionnées qu'il soutenait avec la foi d'un apôtre, il avait trouvé, à côté d'adversaires non moins ardents que lui, des partisans résolus, convaincus, et de jour en jour plus nombreux. Comme il était doué d'une rare souplesse de caractère, que sa discussion était toujours courtoise et sans rancune, les inimitiés que soulevait son projet ne touchaient jamais à sa personne. Durand-Claye disparaît au moment où, après les études si attentives et si complètes de la grande Commission d'assainissement de la Seine, et du Conseil municipal de Paris, la Chambre des députés venait d'adopter le projet de loi que le Sénat, à son tour, ne manquera pas de consacrer par son vote.

Devant cette perte survenue si subitement, après celle de collaborateurs tels que Couche, Bartet et André, je me sens tout ému et presque découragé.

Mais, sur cette tombe je prends l'engagement de ne pas laisser inachevée l'œuvre de Durand-Claye.

. . . .

Messieurs, on élève des statues à des guerriers qui ont rendu à leur patrie des services glorieux en sacrifiant la vie de nombreux soldats : je voudrais les mêmes hommages pour Durand-Claye, dont la trop courte carrière de savant et d'hygiéniste n'a eu qu'un but : sauvegarder la vie de ses concitoyens.

DISCOURS DE M. LAGRANGE

INSPECTEUR GÉNÉRAL DES PONTS ET CHAUSSÉES
DIRECTEUR DE L'ÉCOLE NATIONALE DES PONTS ET CHAUSSÉES

MESDAMES,
MESSIEURS,
CHERS CAMARADES,

Je ne voudrais pas répéter, au risque de l'affaiblir, ce qui vient d'être si bien dit, même pour y ajouter les souvenirs personnels des deux années d'inspection où j'ai eu à faire ressortir les services d'Alfred Durand-Claye.

Je tiens surtout à dire bien haut la douleur, la consternation de l'École des Ponts et Chaussées où il était si bien à sa place, au milieu des professeurs d'élite. Cette carrière si courte a été prodigieusement remplie, et les devoirs accumulés de fonctions diverses ne l'ont pas empêché de porter une activité utile et de laisser une trace sérieuse dans tout le domaine scientifique.

C'était un vaillant. Son nom restera attaché aux grandes entreprises que réclamait, à Paris, l'hygiène publique. Durand-Claye avait fait passer dans les esprits la conviction qui l'animait; ce n'eût été que juste qu'il pût exécuter jusqu'au bout ce qu'il avait si bien conçu.

Ses études lui avaient valu une notoriété européenne; les villes les plus lointaines réclamaient le concours de ses lumières. Son nom vivra dans l'histoire des grands travaux publics, et l'École des Ponts et Chaussees lui gardera un affectueux et durable souvenir.

Puisse cette pensée adoucir la douleur d'une compagne étroitement associée à sa vie, et frappée d'une manière si cruelle.

DISCOURS DE M. P. DUBOIS

DIRECTEUR DE L'ÉCOLE DES BEAUX-ARTS, MEMBRE DE L'INSTITUT

C'est au nom de l'École nationale des Beaux-Arts que je viens rendre un dernier hommage à l'éminent professeur frappé par une mort si foudroyante. Alfred Durand-Claye, par les brillants succès qu'il avait remportés à l'École polytechnique et à l'École des Ponts et Chaussées, se trouvait appelé, à peine sorti de cette École, à la chaire spéciale de stéréotomie créée pour les élèves architectes à l'École des Beaux-Arts. Pour un jeune homme de vingt-six ans la tâche était délicate; il s'en tira en maître. Pendant vingt ans, ses leçons furent des modèles de précision et de clarté; pendant vingt ans, son cours, suivi avec la même assiduité par nos élèves, leur fit comprendre et, pour ainsi dire, toucher du doigt la science qu'il enseignait.

Des voix plus autorisées que la mienne énuméreront ses travaux scientifiques et constateront l'importance de ses créations; je ne veux parler ici que du vide laissé par sa perte dans notre grande famille de l'École des Beaux-Arts. La fatale nouvelle y a jeté la consternation, et les regrets unanimes des professeurs et élèves permettent de mesurer la profonde affection qu'il avait su inspirer à tous.

A ces regrets dont je suis certain d'être l'interprète fidèle, je veux joindre les tendres et derniers adieux d'un ami personnel pour celui qui nous laisse une si grande douleur.

DISCOURS DE M. PILLET

PROFESSEUR AUX ÉCOLES DES PONTS ET CHAUSSÉES ET DES BEAUX-ARTS

Mon cher Durand-Claye!

Après avoir entendu les éloges adressés à ta mémoire par les hommes éminents qui t'ont si justement apprécié dans l'exercice de tes fonctions, que reste-t-il à dire à l'ami, au camarade, que désole la pensée qu'il ne te verra plus, qu'il ne serrera plus ta main si chère, qu'il ne jouira plus de ton bon sourire!

Cet ami ne dira rien qui puisse ajouter à ta réputation ni glorifier ta mémoire plus qu'elle ne l'est déjà ; mais il voudrait faire apprécier, à ceux qui ne t'ont connu que dans la vie officielle, ce que ton intimité renfermait de charmes, de grâces, de gaîté, et combien il était doux d'être ton ami, combien on était fier d'être ton camarade.

Quel plus bel éloge faire de ton amitié que de répéter ce qui se disait autour de nous : « Voici le premier chagrin qu'il nous cause. »

Quelle carrière que la tienne! Aussi jeune qu'il nous en souvienne tu tiens la tête de notre phalange : à Sainte-Barbe, au lycée Louis-le-Grand, au concours général, brillant élève des classes de lettres, tu es le premier; tu abordes les sciences; tu es encore le premier. A l'École Polytechnique tu entres le premier; de l'École des Ponts et Chaussées tu sors le premier.

Quels débuts et quelles promesses pour l'avenir!

Être toujours en avant et précéder les autres, telle est ta devise; et cette devise tu la suis jusqu'au terme de ta trop courte carrière, puisque nous te perdons au moment où, devançant ton siècle et rompant avec la routine, tu viens de donner la solution de l'un des plus grands problèmes posés aux ingénieurs et aux hygiénistes et que tu le résous par la fertilisation du sol.

Prendre ce qui est usé et semble stérile ; se dire que la Providence, dans ses grands et secrets desseins, a voulu, au contraire, en faire l'origine de ce qui renaîtra et deviendra fertile, c'était là une grande et bienfaisante idée, digne de germer dans ton cœur si dévoué, si bon.

La bonté, le dévouement, voilà bien en effet ce qui te résumait !

Pour nous, tes camarades, qui vivions presque de ta vie, le côté séduisant de ton caractère résidait surtout dans l'affabilité, dans le désir d'être agréable à ceux qui t'entouraient, de leur rendre service, de leur plaire, de les égayer.

Ceux que tu aimais, mon cher Durand-Claye, comme tu savais le leur faire sentir ! Comme tu t'ingéniais à les distraire ! Comme tu leur montrais que tu te plaisais avec eux et qu'ils étaient une partie intégrante de ta vie !

Ton affection allait presque jusqu'à la ruse pour attirer près de toi un ami que tu savais attristé par le chagrin ou accablé par les soucis. Et alors, quelles ressources tu montrais pour détourner le cours de ses pensées ! quelle imagination tu déployais pour le faire sourire ! quelle joie tu manifestais quand tu l'avais fait rire ! Quand on rit, disais-tu, l'on est sauvé ; et, cependant, c'est au moment où, sollicité par les tendres efforts d'un ami, tu venais de rire et qu'un éclat joyeux de ta voix résonnait encore, que tu t'en es allé pour toujours !

Tu n'étais pas de ceux qui, parce qu'ils occupent une situation en vue, croient en imposer à qui les approche en se composant, en toute circonstance, le maintien d'un homme grave et solennel. Tu avais horreur de ce qui n'est pas rigoureusement sincère. Certes ! tu traitais les choses sérieuses aussi sérieusement que personne ; mais, quand ton devoir était accompli, quand l'heure du repos avait sonné, avec quelle joie tu rentrais à ton logis, pensant aux amis que tu allais y trouver !

Jamais ta chère compagne ne réunissait trop de monde autour de ta table ; jamais elle ne combinait, d'accord avec toi, de trop gaies parties de campagne ni de trop joyeuses soirées. Combien de fois, après avoir dirigé pendant la journée un des services les plus chargés de la Ville de Paris, après avoir fait, en outre, un cours à l'École des Ponts et Chaussées ou à l'École des Beaux-Arts, après avoir rédigé un savant article scientifique ou présidé une commission, ne t'avons-nous pas vu, le soir, animant nos réunions par ton brillant esprit, les charmant par ton talent musical, faire dire à tous, parents, amis et élèves, que tu avais groupés à tes côtés, que nous avions en toi le plus tendre des amis et le plus bienveillant des maîtres.

Et vous, mes jeunes camarades, élèves de l'École des Ponts et Chaussées qui suiviez son cours d'hydraulique agricole et élèves de l'École des Beaux-Arts auxquels il enseignait la stéréotomie, laissez-moi vous dire, car j'étais son confident, quelle place vous teniez dans son cœur et combien il se préoccupait de vous et de vos études. Il adorait la jeunesse et c'est pourquoi il était un si excellent professeur. En dehors de ses mois de leçons, ses vacances vous étaient, en grande partie, consacrées et c'est au cours de ses nombreux voyages qu'il a recueilli, sur place, une grande quantité de documents qui faisaient que ses deux enseignements étaient à la fois si vivants et si riches.

Les élèves formés par lui s'étaient répandus en France et dans le monde entier. Aussi quels voyages que les siens! Comme il était heureux des sympathies qu'il recueillait partout! Ses passages en Portugal, en Grèce, en Russie et en Autriche ont été comme des triomphes. Fiers de leur professeur, qu'une immense réputation précédait, les anciens élèves externes de l'École des Ponts et Chaussées, aujourd'hui ingénieurs dans ces différents pays, lui ont fait de véritables ovations, se sont efforcés d'aplanir pour lui les difficultés d'excursions, souvent périlleuses. Je vous remercie, mes chers camarades, de l'hommage que vous avez ainsi rendu à mon pauvre ami qui n'est plus. Il y a été bien sensible, car ce qui le touchait le plus était ce qui venait du cœur.

Mon cher Durand-Claye, au nom de tous mes camarades de l'École polytechnique de la promotion de 1861, dont tu étais la gloire, je te donne un suprême adieu.

Tu laisses, inconsolable, une compagne bien chère sur qui tes amis reporteront l'affection qu'ils avaient pour toi, car elle t'a donné dix-sept ans d'un bonheur sans nuages ; elle a compris ta mission ; elle t'a soutenu et encouragé dans la lutte et dans la peine ; elle t'a toujours suivi, aux heures joyeuses, comme aux jours d'épreuve.

La voilà privée de toi ! Ce qu'aucun de nous n'osait imaginer sans frémir, la séparation de vos deux existences si unies, vient de s'accomplir ! Mais, au nom de tous, moi ton ami des premières années, moi ton camarade de l'École qui sens qu'avec toi s'en va une partie de mon cœur, s'évanouit ce qui restait de la gaîté de ma jeunesse, je te promets que nous n'abandonnerons jamais celle que tu aimais si tendrement et qui t'a tant aimé.

Adieu, mon ami !

DISCOURS DE M. ÉMILE TRÉLAT

ARCHITECTE EN CHEF DU DÉPARTEMENT DE LA SEINE
PROFESSEUR AU CONSERVATOIRE DES ARTS ET MÉTIERS
DIRECTEUR DE L'ÉCOLE SPÉCIALE D'ARCHITECTURE

Pourquoi prendre la parole? Pourquoi m'est-elle donnée?

C'est qu'il n'avait pas seulement conquis ses chefs et ses subordonnés, ses maîtres et ses collaborateurs, ses camarades et ses vieux amis; — c'est qu'aux rencontres de la vie il avait fixé à lui ceux que les circonstances lui avaient offerts; — c'est qu'à l'ardeur des luttes qu'il soutenait avec tant d'éclat, il joignait la simplicité, la justice et la bonté qui forcent les cœurs; — c'est que mieux, peut-être plus gravement que d'autres, je puis en témoigner.

Dans son long combat pour l'assainissement de Paris, nous nous sommes trouvés côte à côte, lui, chef d'armée régulière, moi, volontaire indépendant. Je ne sais pas de lutte plus vaillante et plus noble que celle dans laquelle je fus son allié. La solidité de l'armure, la richesse des munitions, l'ampleur des engagements, la conscience de la tâche, la loyauté de l'action, il avait tout cela. Je ne lui ai jamais vu perdre une occasion, et jamais commettre un délit de vérité. Tout ce qu'il disait était vrai, inattaquable. Tout ce qu'il fallait dire, il le disait; tout ce qu'il fallait faire, il le faisait, et au bon moment, car il était toujours prêt. Il avait un courage impeccable. Quel beau lutteur! Et comme il rehaussait la cause qu'il servait!

Dans l'intimité, on pouvait quelquefois différer avec lui sur la philosophie des grandes choses de la pensée. Dans l'action, on était toujours content et fier d'être de son côté!

Mais lui, comment dire la reconnaissance qu'il nourrissait pour ceux qui l'aidaient? J'ai toujours été confus de celle qu'il me témoignait. Il y mettait tant de soins, tant de constance, et, j'ajouterai, un si délicat respect pour un âge qui dépassait de beaucoup le sien ; il montrait en moi tant de déférence pour la génération qui précédait la sienne ! Et c'est ainsi que j'ai vu de près son intérieur, ses fortes intimités, ses gracieuses camaraderies ! que j'ai suivi et admiré la ponctualité de sa vie, les invariables heures de ses longs travaux journaliers, les invariables heures de ses loisirs résolus, le touchant et incessant partage de tout cela avec sa compagne aimée, adorée, aimante, adorante.

Et tout est fini de ce qui se voit ici-bas ! Il faut dire adieu. Adieu, brave compagnon ! adieu, vaillant ami ! — Ah ! votre pauvre désolée ! Puisse tout ce qu'on a dit sur cette tombe, ce concours de haute estime et le grand applaudissement que fait éclater cette vie, mettre dans les noires amertumes de son deuil les doux soulagements d'un souvenir glorieux et bon.

M. Mille, qui était allé passer quelques jours, chez ses filles, à Lille, ne put arriver qu'au dernier moment, et par une modestie regrettable, n'osa pas prendre, de lui-même, la parole aux obsèques de celui qu'il avait lancé dans la voie qui devait faire sa réputation et qui ne l'avait jamais oublié.

Voici la lettre qu'il m'envoya et que je suis heureuse, pour Alfred et pour lui, de pouvoir reproduire ici.

Lille, 1er mai 1888.

Chère Madame et amie,

Voulez-vous me permettre de vous adresser les quelques paroles que j'aurais voulu prononcer hier, au service de notre brillant et malheureux Alfred : les discours semblaient le faire entrer dans sa gloire, et moi je n'avais à donner qu'un cri d'amitié.

« Devant ce cercueil, je me rappelle qu'il y a vingt-deux ans un jeune ingénieur plein d'avenir venait se joindre à moi pour tenter l'utilisation des eaux d'égout. Personne n'y croyait et nous étions seuls, à nous deux, à avoir la foi. Je ne puis dire combien la lutte par le travail était attrayante avec cet ardent jeune homme à qui tout était facile, la science, le dessin, la puissance d'entraînement. Quand Gennevilliers, tant discuté, fut enfin accepté, Durand-Claye tourna son ambition de la campagne vers la ville : il devint l'apôtre du « Tout à l'Egout ». Il disait que l'idée lui était venue lorsque, major à l'École Polytechnique, il portait dans les pauvres logis de la montagne Sainte-Geneviève les offrandes de sa promotion.

« Adieu, Durand-Claye, esprit charmant, cœur généreux que nous avons admiré et aimé !

« C'était à toi à prononcer la parole suprême sur la tombe de celui que, dans l'effusion de ton amitié, tu appelais parfois ton maître.

« Adieu pour l'Éternité. »

« A. Mille,

« *Inspecteur général des Ponts et Chaussées, en retraite.* »

CONSEIL MUNICIPAL

Extrait de la séance du 11 mai 1888.

M. Réties. — Tant en mon nom qu'en celui des membres de la 6e commission, j'ai l'honneur de déposer la proposition suivante :

Le Conseil,

« Considérant les services rendus comme ingénieur de la ville de Paris par Durand-Claye ;

« Considérant que tous ses efforts ne tendaient qu'à un seul but, l'amélioration, ou plutôt la réforme complète des conditions hygiéniques déplorables qui président encore aujourd'hui à l'agencement des habitations, surtout dans les quartiers occupés par des populations ouvrières et industrielles ;

« Considérant que, par sa persévérance et son énergie Durand-Claye a réussi à développer dans une proportion considérable les procédés d'épuration par le sol et d'utilisation pour l'agriculture, des eaux d'égout, en usage aujourd'hui dans la presqu'île de Gennevilliers sur une étendue de près de 700 hectares ;

« Considérant que ces essais si concluants, cette utilisation d'une source de richesses qu'on ne soupçonnait même pas autrefois, ont été l'une des causes principales du vote par la Chambre des Députés du projet de loi relatif à l'assainissement de la Seine, élaboré par Durand-Claye ;

« Considérant, comme l'a fait justement remarquer M. le Directeur des travaux dans le discours prononcé le jour des obsèques que « si l'on élève des statues à des guerriers qui ont rendu à leur patrie des services glorieux, en sacrifiant la vie de nombreux soldats, il serait à désirer qu'on rendît les mêmes hommages à Durand-Claye, dont la trop courte carrière de savant et d'hygiéniste n'a eu qu'un but : sauvegarder la vie de ses concitoyens. »

« Délibère. »

« Le nom d'Alfred Durand-Claye sera donné à l'une des voies publiques. »

Signé : Réties, Mayer, Dumay, Paul Brousse, Deligny, Albert Pétrot, Duplan, Marius Martin, Stupuy, Hovelacque. »

ÉCOLE DES PONTS ET CHAUSSÉES

---

9 juin 1888.

Madame,

J'ai l'honneur de vous envoyer un extrait du procès-verbal de la séance du conseil de l'École du 25 mai, qui constate sous la forme officielle les sentiments que nous avons éprouvés tous de la perte que vous avez subie ; M. Collignon y joint le rapport qu'il a soumis hier au conseil de perfectionnement.

Veuillez agréer, Madame, la nouvelle expression de la sincère sympathie et des sentiments bien dévoués de

Votre très humble et très respectueux serviteur.

Lagrange,

Directeur de l'École des Ponts et Chaussées.

Extrait du procès-verbal de la séance du Conseil de l'École.

Avant de commencer la séance, le conseil, sur la proposition de M. le Président, directeur de l'École, décide que les regrets unanimes que lui inspire la mort prématurée de M. Alfred Durand-Claye seront mentionnés au procès-verbal, et que l'extrait en sera transmis à Mme Alfred Durand-Claye.

Rapport annuel sur la situation de l'École des Ponts et Chaussées.

Un cruel événement a signalé la fin de la session 1887-1888, qui s'était accomplie jusque là avec la plus parfaite régularité. Le 27 avril, M. Alfred Durand-Claye, ingénieur en chef du service municipal, professeur à l'École des Ponts et Chaussées et à l'École des Beaux-Arts, s'est éteint subitement, à la suite d'une maladie qu'on croyait en voie de guérison. Il professait depuis neuf années à l'École des Ponts et Chaussées le cours d'hydraulique agricole. Sa parfaite connaissance de toutes les questions relatives au drainage des villes et de l'emploi des eaux d'égout, une notoriété européenne, des succès constants à toutes les époques de sa carrière, son talent de professeur et de conférencier, en faisaient un maître éminent, très écouté de ses auditeurs. Il vient de disparaître avant l'âge, au moment où, dans le public, ses idées commençaient à prendre possession des esprits. L'École des Ponts et Chaussées a vivement ressenti la douleur de cette séparation si brusque et si inattendue, et la fin prématurée de notre excellent collègue a excité, parmi nous, ainsi que parmi nos élèves, d'unanimes et sympathiques regrets.

Ed. Collignon,

Inspecteur de l'École des Ponts et Chaussées.

LETTRES

Lettre de M. le Ministre des Travaux publics.

Paris, 2 mai 1888.

MADAME,

J'ai appris avec un vif sentiment de peine le décès de M. l'Ingénieur en chef Alfred Durand-Claye. Cette mort prématurée prive l'Administration du concours d'un ingénieur distingué dont elle appréciait hautement les services.

Je tiens, Madame, à me faire l'interprète des regrets unanimes que laisse M. Alfred Durand-Claye, et à vous dire toute la part personnelle que je prends au malheur qui vous frappe.

Recevez, Madame, l'assurance de mon respect.

Le Ministre des Travaux publics,

DELUNS-MONTAUD.

Association polytechnique pour le développement de l'instruction populaire.

Paris, 1er mai 1888.

MADAME,

C'est avec une profonde tristesse que le conseil de l'Association polytechnique apprend le malheur qui vient de vous frapper ; il me charge d'être son interprète auprès de vous pour vous exprimer ses sentiments de bien vive condoléance. M. Durand-Claye fut un des plus zélés rofesseurs de notre Association, et malgré ses grandes et belles occupations, il savait encore trouver le temps de nous consacrer chaque année quelques instants pour nous faire des conférences dans lesquelles il intéressait son auditoire à ses travaux de chaque jour. Puisse, Madame, le tribut des regrets de notre modeste Association apporter quelque soulagement à votre immense douleur.

Veuillez croire, Madame, à mes sentiments les plus respectueux,

Le secrétaire général,

DELMAS.

Lettre de M. le professeur Ulysse Trélat,
membre de l'Académie de médecine.

28 avril 1888.

CHÈRE MADAME,

Sur votre billet de lundi, j'avais questionné Féréol, qui m'avait pleinement rassuré.

Que vous dire, sinon que je prends votre malheur à titre de chagrin personnel. J'avais une très grande estime de votre mari.

Son labeur, sa vaillance, la vigueur de ses convictions et la droiture de son esprit avaient créé entre nous une véritable intimité intellectuelle plutôt que mondaine, et c'est là que je sens la profondeur de la blessure.

Permettez-moi de vous en envoyer l'hommage palpitant.

U. TRÉLAT.

Lettre de M. Krantz
Inspecteur général honoraire des Ponts et Chaussées, Sénateur.

Paris, 29 avril 1888.

MADAME,

Bien que je n'aie pas l'honneur d'être connu de vous, je prends la liberté de vous écrire. Notre commune douleur me servira d'excuse.

J'avais pour votre mari un profond attachement. Je le regardais comme un homme de bien, d'un rare mérite, d'un grand savoir, et d'une haute distinction de caractère. Il faisait vraiment honneur au corps des Ponts et Chaussées. Le pays perd en lui un de ses meilleurs et de ses plus utiles serviteurs.

Ce que ses amis perdent aussi, je le comprends mieux que personne, et je joins mes regrets et mes larmes aux vôtres.

Daignez agréer, Madame, l'assurance de mon profond respect.

N. KRANTZ.

Lettre de M. Yves Guyot, député.

Paris, 1er mai 1888.

Madame,

A mon grand regret, je n'ai pu me rendre aux obsèques de M. Durand-Claye; je n'ai appris sa mort qu'en revenant de voyage. Elle m'a profondément affecté, car, depuis de longues années, j'avais eu d'excellents rapports avec M. Durand-Claye, que j'avais en haute estime pour ses talents, son savoir, sa persévérance et son activité.

Veuillez agréer, Madame, l'assurance de mes sentiments respectueux.

Yves Guyot.

Lettre de M. Vaillant, conseiller municipal.

Paris, 30 avril 1888.

Madame,

Retenu aujourd'hui à la maison près de ma mère malade, je n'ai pu me trouver près de vous et de votre famille avec les nombreux amis de votre mari, tous si péniblement frappés par le cruel malheur qui vous accable.

Conseiller municipal, j'avais retrouvé dans l'ingénieur si éminent qui a rendu tant de services à Paris un vieux camarade de Sainte-Barbe, un ami, et je tiens à vous assurer de la grande et sincère part que je prends à votre deuil, au deuil de tous ceux à qui il était cher, ainsi que de ma bien cordiale sympathie.

Veuillez agréer, Madame, avec l'expression de mes sincères regrets, l'assurance de ma parfaite considération.

Ed. Vaillant.

Lettre écrite au Journal « Le Parti ouvrier », le 30 avril, par MM. Joffrin et Lavy, conseillers municipaux.

Chers amis,

Une nouvelle pénible nous frappe.

Un homme qui, dans l'administration avait conservé des habitudes d'indépendance qu'on n'y rencontre pas communément vient de mourir.

M. Durand-Claye, ingénieur en chef des Ponts et Chaussées, chef du service de l'assainissement de la Ville de Paris, avait donné à ce service une heureuse impulsion.

Sous son active et habile direction nos travaux d'égout, d'adduction et de canalisation des eaux tendaient de plus en plus à prendre la large part qui leur appartient.

Il avait le souci de coopérer à l'organisation d'un corps de travailleurs qui pussent l'aider efficacement dans l'assainissement de Paris.

La Chambre syndicale des ouvriers égoutiers avait trouvé chez lui un appui qui, pour n'être pas officiel, n'en était pas moins sincère et utile.

Les conseillers municipaux regretteront en lui l'administrateur bienveillant, prêt à recueillir tous les avis et non à se prévaloir d'une situation officielle pour leur tenir rigueur.

Nous souhaitons rencontrer chez son successeur même activité, même tact, même condescendance et même aménité vis-à-vis des travailleurs de son service.

Recevez nos salutations cordiales,

J. Joffrin, A. Lavy.

Lettre de M. Deligny, conseiller municipal.

Paris, 8 mai 1888.

Bien chère Madame,

En rentrant à Paris après un voyage de six semaines en Espagne, j'apprends avec autant de surprise que de douleur la mort subite de votre cher mari. Personne plus que moi ne partage avec vous vos cruels regrets. Le jour même de mon départ je l'avais laissé plein de santé, nous avions longtemps parlé des grands projets qu'il a poursuivis avec tant d'énergie, de dévouement et de talent, et que j'étais heureux d'appuyer de mon concours de tous les instants.

Admis dans votre intimité, je sais combien doit être grande votre douleur, je regrette de venir la raviver par cette lettre, mais je tenais trop à vous dire que, si je n'étais pas à la triste cérémonie, c'est que l'absence seule m'en a empêché, car nul plus que moi n'aurait été fidèle jusqu'au bout à l'amitié de celui que tous nous pleurons.

Je vous prie d'agréer l'expression de mon profond dévouement.

E. Deligny.

Lettre de M. Th. Villard, ancien conseiller municipal.

Paris, 30 avril 1888.

MADAME,

Je viens vous exprimer la part douloureuse que je prends au chagrin qui vient de vous frapper.

Appelé pendant six ans à me rencontrer souvent avec M. Durand-Claye, j'ai pu, comme tous ceux qui l'ont connu, apprécier les rares qualités qui font aujourd'hui de votre deuil un deuil général pour les grands intérêts que sa vie a été consacrée à défendre.

Tout le monde l'appréciait et l'aimait et les hommages qu'on va lui rendre auront une signification toute personnelle et particulière.

Je prends la liberté de vous y associer, Madame, un peu plus particulièrement, en raison des relations déjà très anciennes de notre famille, en vous présentant le respectueux sentiment de mon profond regret.

Th. VILLARD.

Lettre de M. Vauthier, ingénieur des Ponts et Chaussées en retraite, ancien conseiller municipal.

Paris, 3 mai 1888.

Me permettez-vous, Madame, de vous exprimer respectueusement toute la part que je prends à votre douleur. Le coup terrible qui vous atteint dans vos plus chères affections m'a frappé comme une véritable catastrophe.

Lorsque, en 1871, ont commencé pour moi, avec celui que vous pleurez, des rapports toujours si excellents depuis, je ne pouvais guère m'attendre, moi dont l'âge était alors plus que double du sien, à le voir partir le premier !

C'était un homme éminent. Il a rendu d'immenses services. Il laisse un nom glorieux et honoré. La douleur de ceux qui l'ont connu, les témoignages de respect et d'affection dont son cercueil a été entouré prouvent combien il était aimé et estimé. Ce seraient pour vous, Madame, des motifs de consolation, s'il pouvait y en avoir dans de semblables épreuves.

Avec la plus profonde affliction et la plus vive sympathie, Madame, je vous prie d'agréer l'hommage de mon profond respect.

VAUTHIER.

Lettre de M. G. Cordier, élève ingénieur des Ponts et Chaussées.

MADAME,

Je viens de recevoir avec une vive émotion les livres que vous avez eu la généreuse idée de me donner en souvenir de votre éminent mari. Ils me rappelleront un professeur chez lequel nous admirions tous la science, la clarté, la limpidité et le plus entier dévouement à ses élèves.

Si quelque chose a pu vous consoler, Madame, de sa perte prématurée, c'est la douleur sincère qu'a causée, à tous ceux qui le connaissaient, la mort de M. Alfred Durand-Claye, et en particulier à ses élèves qui, voyant en lui plus qu'un professeur, se permettaient de le considérer comme un ami.

Veuillez agréez, Madame, l'hommage de mon respect,

G. CORDIER.

Lettre de M. Gauthier, architecte.

Paris, 30 avril 1888.

MADAME,

Je n'ai pas l'honneur d'être connu de vous, mais j'éprouve le besoin de communiquer, à quelqu'un de ses proches, ce que cette mort subite de M. Durand-Claye m'a causé de poignantes impressions.

La perte que vous faites, Madame, est immense et irréparable; mais celle que fait notre bonne ville de Paris est bien plus considérable encore; car les hommes de science comme M. Durand-Claye sont rares.

Il était dévoué corps et âme à la solution d'un problème immense, l'assainissement de Paris, et il a, sans doute, succombé à la peine.

Par son enthousiasme, la passion qu'il a mise à la réalisation de son idée, il a imprimé un élan qui ne s'arrêtera pas, et je ne doute pas que ses idées se réalisent.

Passionné comme lui pour ce grand problème, j'admirais votre mari, qui m'honorait d'une certaine affection; nous luttions ensemble; j'étais bien peu à côté de lui, mais, comme conviction, je le suivais de près.

Je vous assure, Madame, que la mort de cet homme de bien m'a frappé au cœur.

Les hommes qui se sacrifient au bien de l'humanité sont si rares en ce monde !

Veuillez croire, Madame, à mes sentiments respectueux,

L. GAUTHIER.

Lettre de M. Achille Bazaine ingénieur des chemins de fer du Var.

Hyères, 29 avril.

Je viens de recevoir, bien chère amie, l'un des coups les plus accablants qui puissent m'atteindre ! Que ne suis-je près de vous pour pleurer ensemble cet ami, qui a été pour moi plus qu'un frère depuis quinze ans, à quoi sert ce que j'écris maintenant? Puis-je exprimer ce que je sens? Et que serait-ce devant l'abime de la douleur qui vous envahit aujourd'hui?

Aussi ne veux-je vous dire qu'un mot : depuis longtemps je ne vous sépare plus tous deux dans mon affection, dans ma pensée : si un avis trop tardif pour la distance qui nous sépare m'a empêché de me joindre aux amis inconsolables qui vont dire adieu à Alfred, pour vous, au moins, je puis peut-être quelque chose. Nous allons être absolument seuls dans deux jours : un télégramme suffira pour que je vienne vous chercher et vous procurer, près de deux cœurs qui vous comprennent et qui vous aiment bien sincèrement, un repos d'âme et de corps dont vous aurez grand besoin. Vous ne serez que trop tôt obligée de reprendre la lutte.

Votre vieil ami,

Achille BAZAINE.

Lettre du lieutenant-colonel Roux.

Alger, 2 mai.

MADAME,

Ma belle-mère m'apprend la nouvelle de l'affreux malheur qui vous frappe et qui retentit douloureusement dans mon cœur. J'en suis tout atterré.

Le nom de Durand-Claye était intimement lié à notre promotion, nous étions habitués à le voir nous présider dans nos réunions dont il était le charme par sa franche camaraderie, sa bonne humeur si communicative.

J'avais pour lui une vraie amitié que vous n'avez pas peu contribué à resserrer; Mme Roux connait si bien le sentiment que j'avais pour lui qu'elle a mis toutes sortes de ménagements à m'apprendre la terrible vérité.

Il meurt au moment où il allait voir couronner l'œuvre à laquelle il avait consacré sa vie entière; et il est pour moi hors de doute que les efforts persévérants qu'il a faits pour arriver à ce résultat, les obstacles qu'il a eu à vaincre, les difficultés de toutes sortes avec lesquelles il a eu à lutter, n'aient contribué à le fatiguer et à hâter la fin de sa trop courte carrière.

Madame, permettez-moi de vous dire que vous n'êtes pas seule à pleurer Durand-Claye, que ses camarades porteront dans leur cœur le deuil de leur chef de promotion.

Je vous serre la main bien tristement, et vous prie de croire à tout mon affectueux dévouement.

Ed. Roux.

Lettre de M. Constantin Caratheodory, Conseiller d'État.

Constantinople, 5 mai 1888.

Chère Madame,

La nouvelle inattendue et foudroyante de la mort de mon pauvre, cher et bien-aimé Alfred m'a plongé dans une profonde douleur, et c'est avec les yeux pleins de larmes que je trace à la hâte ces quelques mots en vous priant d'excuser le décousu de ma lettre.

J'ai là, sur ma table, sa dernière demande de renseignements à laquelle je me proposais de répondre en vous engageant à venir passer quelques jours chez moi. Hélas! tout est fini! et mon cœur brisé se replie sur lui-même en cherchant une consolation!

Vous n'ignorez pas, Madame, que mon amitié pour celui que nous pleurons n'était pas de celles que le temps ni la distance effacent ou diminuent! Aussi le coup a été terrible et je ne puis me faire à l'idée que cette intelligence d'élite, destinée à occuper les plus grands postes, s'est éteinte pour toujours! que ce cœur doux, bon, charitable et généreux a cessé de battre en laissant dans nos âmes meurtries par le déchirement de la séparation, un souvenir sacré et ineffaçable. Si comme moi, Madame, vous avez passé par tous les stages de l'indifférence et du doute pour arriver, après la destruction des êtres les plus chers et les plus adorés, à la croyance en la miséricorde divine reportez votre pensée plus haut, raffermissez votre cœur, et n'augmentez pas notre peine par le spectacle d'une douleur inconsolable.

Permettez-moi, Madame, en terminant de vous adresser une prière que, je l'espère, vous m'accorderez.

Si vous vous décidez à faire refaire la photographie de mon pauvre ami, veuillez me la faire parvenir, et vous obligerez pour la vie.

Votre très respectueux serviteur.

Constantin Carathéodory.

Lettre de M. Gazis, Ingénieur en chef à Athènes.

Madame,

J'aurais besoin, non pas de me consoler, mais de dire à quelqu'un la douleur où mon cœur continue à être plongé par la perte encore incroyable pour moi de mon éminent maître Alfred Durand-Claye.

Je n'ai pu retenir mes larmes en lisant votre lettre, et en voyant son portrait dans l'*Univers Illustré;* tout mon passé m'est revenu, tous ces voyages heureux où j'ai eu l'honneur de vous accompagner dans mon pays il y a deux ans m'ont apparu, comme s'ils avaient eu lieu hier; ce n'est pas moi qui pourrais vous consoler, car j'ai besoin aussi de consolation.

Mon plus profond désir en ce moment est d'aller vous trouver pour pleurer avec vous.

Je viendrai l'année prochaine pour l'Exposition, avec Mme Gazis qui désire beaucoup faire votre connaissance, mais qui n'a pas de chance, car je rêvais de la conduire chez vous pour voir ce que c'était que la gaieté, la véritable gaieté des époux!

J'ai fait connaître à tous mes camarades vos remerciements pour la dépêche que nous vous avons envoyée sitôt que nous avons appris la terrible catastrophe de la mort de notre illustre et savant professeur, que nous osions appeler notre ami, et qui le permettait avec tant de bonté. Ça a été un grand coup pour nous!

Adieu, Madame, j'espère vous voir bientôt à Paris, et trouver avec vous un soulagement au chagrin profond qui m'a pris à la perte de mon vénéré maître.

N. Gazis.

Lettre du Dr Pacchiotti, Sénateur

Turin, 10 mai 1888.

Ma chère madame Durand-Claye,

J'arrive à l'instant de Rome où j'ai dû rester un mois pour assister aux discussions du Sénat, et je trouve ici la terrible nouvelle de la mort de mon excellent ami, de votre cher mari. Mais comment ce triste événement est-il arrivé ? Un homme si jeune, si sain, si robuste, si actif, si plein de vie, d'intelligence, de talent, d'idées, comment a-t-il pu disparaître subitement du théâtre de sa gloire ? Si je n'avais pas sous mes yeux votre lettre de faire part, je ne le croirais pas, car à Rome, je n'ai rien lu dans les journaux qui m'annonçât cette nouvelle si douloureuse.

C'était l'homme que j'ai aimé plus que tous les autres hommes, c'était un maître pour moi, c'était une force pour les hommes qui étudient les plus hautes questions d'hygiène, c'était un gai compagnon de voyage, c'était un homme aimable, spirituel, sympathique à tout le monde, même à ses adversaires, c'était un des hommes qui s'approchaient le plus de la perfection, et le voilà enlevé à tous ses amis, et à vous Madame, qu'il aimait tant, qui l'aimiez tant, et qui le suiviez toujours partout où il était appelé.

Je suis désolé, anéanti, je ne trouve pas un seul mot pour vous consoler. Et y a-t-il quelqu'un sur la terre qui puisse vous consoler avec quelques phrases pour une telle perte ?

Je me sens consterné, misérable. Il y a tant de misérables qui vivent malgré tout, il y a tant de gens inutiles qui pourraient partir sans que le monde s'en aperçoive ! et voilà qu'un homme utile, nécessaire, estimé, aimé, recherché par tous ceux qui savent apprécier les qualités de cœur et de l'esprit disparaît comme frappé par la foudre. Ce sont des événements qui font perdre la tête et qui rendent un homme muet.

Croyez-moi, chère Madame, avec la plus profonde estime, tout à vous dévoué.

Pacchiotti.

Société des Ingénieurs et des Architectes Italiens.

Rome, 15 mai 1888.

Madame,

C'est seulement depuis deux jours que j'ai reçu l'annonce du malheur qui vient de vous frapper. J'en ai été bien douloureusement surpris, et je me suis empressé d'en donner communication à notre société, qui avait l'honneur de compter au nombre de ses membres M. A. Durand-Claye.

J'espère que vous voudrez bien me permettre, Madame, de vous dire combien nous avons été affectés de la perte d'un ingénieur qui avait tant de droits à la plus haute estime de tous ses confrères. Les quelques détails que j'ai donnés dans la séance du 11 sur sa vie et ses œuvres étaient bien connus de la plupart de mes collègues qui avaient appris depuis longtemps à admirer dans M. Durand-Claye l'ingénieur de talent, aussi bien que le savant distingué, et dont quelques-uns avaient eu l'honneur de prendre part avec lui au Congrès d'hygiène, à Genève.

La Société m'a spécialement chargé de vous exprimer, Madame, la part très vive que les ingénieurs italiens prennent à votre douleur. Je me permets de vous exprimer aussi mes profonds regrets personnels, et vous prie, Madame, de bien vouloir accepter mes hommages les plus respectueux.

Le Président,

G. Cadolini.

Lettre de M. Ch. Van Mierlo, Ingénieur en chef des travaux de la Senne, à Bruxelles.

16 mai 1888.

Madame,

C'est avec une douloureuse stupéfaction que j'ai reçu la nouvelle du terrible malheur qui vient de vous frapper subitement et qui me prive d'un ami sincère et dévoué. Votre mari jouissait de l'estime de tous les Belges, ingénieurs et administrateurs, qui ont eu le bonheur et l'honneur d'être en rapport avec lui. Sa grande science, ses talents, son activité extraordinaire étaient hautement appréciés; son caractère agréable, sa serviabilité pour chacun, son dévouement au bien-être de ses semblables le faisaient aimer de tous. Le souvenir de toutes ces qualités ne s'effacera chez aucun d'eux et, quant à moi, je conserverai toute ma vie les sentiments d'amitié et de reconnaissance que j'avais voués au cher mort.

La lettre de faire part que je reçois à l'instant se termine par ces mots consolants : Priez pour lui. Je n'oublierai pas cette recommandation.

Veuillez agréer, Madame, vous, sa compagne inséparable et si tendrement aimée, avec mes plus sincères condoléances, mes respectueuses salutations.

Ch. Van Mierlo.

Lettre de M. Hobrecht, ingénieur en chef de la municipalité de Berlin

Très Chère Madame,

J'ai reçu avec la plus grande douleur l'avis que vous avez bien voulu m'envoyer de la mort si soudaine de votre bien-aimé et très honoré mari. Certainement vous sentez profondément cette perte cruelle. Vous avez été dans sa vie infatigable, dans son cœur fidèle, et dans ses travaux incessants, la plus proche de lui... mais, avec vous, tous ses amis, ses collègues et le corps des ingénieurs dans le monde entier déplore sa triste fin! Par son âme énergique et cultivée, par ses travaux intelligents, par son génie savant, par sa place élevée parmi ses concitoyens, il aurait fini par procurer à Paris, (bien qu'après maintes et maintes années de dure bataille) ce bienfait de l'assainissement qui a été le but de sa vie.

Maintenant je doute qu'on puisse surmonter les difficultés sans lui.

J'ai reçu votre lettre avec sa photographie. Permettez moi de vous présenter mes meilleurs et chaleureux remercîments pour toutes deux ; soyez sûre que le portrait sera pour moi un doux souvenir sacré de mon pauvre ami.

Que Dieu vous bénisse. A vous très sincèrement.

James Hobrecht.

J'ai été forcée de traduire : M. Hobrecht préférait, par modestie, correspondre en allemand avec mon mari, ou en anglais avec moi., c'est sa faute si je n'ai pu rendre tout ce qu'il y avait de touchant dans sa lettre.

Lettre du docteur Lubelski, médecin du consulat de France, à Varsovie.

5 mai 1888.

Madame,

C'est avec un étonnement bien douloureux, avec stupéfaction, que ma femme et moi nous lisons dans le *Temps* la triste nouvelle de la mort de M. Alfred Durand Claye. Sans attendre la lettre de faire part, nous venons vous exprimer notre condoléance aussi respectueuse que sincère. Tous ceux qui, comme moi, dans les discussions scientifiques comme dans la vie privée, ont pu approcher de cet homme de bien, garderont un souvenir ineffaçable et reconnaissant de cet excellent et sympathique travailleur, de ce piocheur infatigable du vaste champ de la santé et de la salubrité publique, de ce savant aimable et courtois. Honneur à son nom !

Si, au milieu de votre grande et légitime douleur, vous pouvez trouver un moment de liberté, veuillez, Madame, nous donner de vos nouvelles, et quelques détails sur la maladie qui nous a enlevé si brusquement notre ancien Vice-président de la Société de Médecine Publique.

Veuillez agréer, Madame, l'hommage de notre profond respect

Dr Lubelski.

Lettre de M. Dobroslavine, professeur de l'Académie impériale de Médecine de Saint-Pétersbourg.

Madame,

La douloureuse nouvelle de la mort de Monsieur votre époux m'a vivement frappé au cœur.

Illustre ingénieur, savant et travailleur infatigable, Monsieur votre époux a su être utile, et rendre des services même à ma patrie.

Je vous prie de croire, Madame, que je comprends l'immensité de la perte douloureuse que vous venez de faire et que je regrette infiniment de ne pouvoir vous présenter personnellement mes condoléances.

Veuillez agréer, Madame, l'assurance de ma considération la plus distinguée.

Dr Dobroslavine.

St-Pétersbourg, 13 mai 1888.

Lettre du comte de Suzor, architecte en chef de la ville de Saint-Pétersbourg.

15 juin.

Chère madame,

Revenu ce matin d'une longue tournée d'inspection en province, je trouve sur mon bureau un monceau de papier, mon regard s'arrête involontairement sur une grande enveloppe de deuil, je l'ouvre et j'en parcours le contenu à la hâte. Il m'est impossible de vous dire l'impression que m'a causée cette nouvelle si impossible, si injuste, et si douloureuse.

Il est difficile de se soumettre aux décrets de la providence ... le cœur et l'esprit se révoltent. — En effet, combien d'êtres inutiles vivent ici bas quand des hommes éminents comme votre mari, utiles à leur pays, à la science, à l'humanité, sont, pour ainsi dire, arrachés au moment de leur entier développement des bras de leur famille et de leurs amis....

Mais nous sommes impuissants à combattre cette force invisible qui nous domine et nous gouverne.

Je ne vous adresserai point, Madame, des paroles de condoléances; il est de ces chagrins, de ces douleurs que l'on ne console pas. Je ne chercherai pas également à vous persuader que le regret que j'éprouve est bien sincère... vous me connaissez assez pour comprendre et apprécier mes sentiments à votre égard dans cet affreux événement.

Votre dévoué ami.

P. de Suzor.

Lettre de M. Podmanycki, Vice-président du Conseil des travaux métropolitains de la ville de Buda-Pesth.

20 mai.

Madame,

C'est avec la plus profonde douleur que j'ai reçu votre missive, par laquelle vous avez bien voulu me notifier la grande perte de M. A. Durand-Claye, mon collègue bien estimé.

Recevez, Madame, l'expression de ma condoléance la plus sincère et la plus profonde.

La conviction que la mort de votre mari, ce savant illustre, cet esprit distingué, est généralement regrettée partout à l'étranger comme une perte immense pour la science, doit seule vous donner quelque consolation et soulager votre douleur.

Veuillez accepter l'assurance de ma profonde estime et de ma haute considération.

Baron Frédéric Podmanycki.

Lettre de M. Lechner, conseiller au ministère des communications, et Directeur des Travaux publics de la ville de Buda-Pesth.

10 mai.

MADAME,

La lettre de faire part du décès de votre cher mari m'a très profondément émotionné, et je m'associe avec tout mon sincère regret à votre grand deuil, survenu si tôt.

La France, et surtout la Ville de Paris perdent en lui un homme érudit de profession, distingué et célèbre par ses travaux variés et son esprit zélé pour le bien de l'intérêt public. C'est une grande douleur pour vous, Madame. Que Dieu vous console et vous protège.

Veuillez agréer, Madame, l'expression de mes sentiments très distingués.

LOUIS LECHNER.

Lettre de M. H. Hensman.

Londres, 9 mai.

CHÈRE MADAME DURAND-CLAYE,

J'espère que vous ne trouverez pas que nous venons trop tôt troubler votre chagrin, mais nous ne pouvons pas nous empêcher de vous offrir de suite notre sympathie sincère et nos condoléances venues du cœur, dans la triste perte de votre mari tant aimé.

Nous sommes peinés bien profondément pour vous, car vos vies semblaient une association qui ne devait jamais être brisée et l'avenir s'étendait encore si long devant elles! Comment une pareille solitude, dont on n'ose pas parler, a-t-elle pu tomber sur vous, pauvre Madame, si profondément attachée à lui par tous les liens de l'amour, de l'amitié, du travail et du plaisir pris toujours en commun?

Puisse le temps vous apporter une consolation dans le dévouement et l'affection de vos nombreux amis, mais je crains que maintenant vous ne souffriez terriblement. Croyez que nous penserons souvent à vous, et si, un jour ou l'autre, vous pouvez nous parler de vous et du bon ami perdu pour nous et pour tant d'autres qui le pleureront sans cesse, nous vous serions bien reconnaissants. Penser qu'un tel homme s'est en allé si jeune, laissant tant de bien à faire encore derrière lui quoiqu'il en ait déjà tant fait, nous semble impossible.

Croyez-nous, chère madame Durand-Claye,

Très sincèrement à vous,

H. Hensman.

Lettre de M. Swan, ingénieur à Boston (Mass.).

22 mai.

Chère Madame,

C'est avec un grand chagrin que j'ai reçu avis du décès de Monsieur votre mari, que j'estimais très hautement, et à qui je dois bien de la reconnaissance pour les aimables attentions qu'il a eues pour moi à Paris en 1884, et dans bien d'autres circonstances.

J'ai écrit une brève notice de ce triste événement dans le *Sanitary Engeneer* de New-York, et je vous en envoie un numéro.... je la referai avec plus de détails quand M. Poutzen m'aura envoyé ceux que je lui demande aujourd'hui, car il était bien connu à l'étranger et honoré, et sa mort prématurée prive la science d'une grande expérience et de secours inestimables.

Voulez-vous bien, Madame, accepter, de moi et de Mme Swan, l'expression d'une sympathique condoléance.

Charles H. Swan.

Lettre de M. Van Overbeck de Meijer, professeur à l'Université d'Utrecht.

Madame,

J'ai été vivement touché par la réception du douloureux souvenir que vous avez bien voulu m'envoyer.

Veuillez croire que je tiens la mémoire de votre cher défunt en haute estime, et que je suis très heureux d'avoir réussi à obtenir son amitié malgré la divergence de nos opinions sur un point de police sanitaire qui nous intéressait tous les deux au plus haut degré.

A sa vaillante épouse il doit être cher de le savoir vivement regretté même par les plus ardents à la lutte.

V. O. de Melier.

Alfred faisait tirer son étude sur le lac Copaïs, et c'est moi qui ai eu la douleur de l'envoyer à sa place à ses amis.

Voici quelques-uns des remerciements que j'ai reçus :

Lettre du docteur Vallin, médecin inspecteur du 14e corps d'armée.

Chère Madame,

Je suis très touché de la pensée que vous avez eue de m'envoyer un exemplaire du dernier travail auquel votre cher mari a mis la main.

Vous avez bien raison de me compter parmi ses amis les plus fidèles et les plus dévoués! ... je vous l'ai dit quand ce coup inattendu nous a frappés, je ne savais pas moi-même à quel point je l'aimais! C'est que j'aimais en lui non seulement l'homme de science et de progrès, l'apôtre d'une idée et d'une doctrine, j'aimais autant, peut-être plus encore, l'homme au cœur chaud, sympathique, honnête et franc que j'étais toujours si heureux de rencontrer suivant la même route que moi.

Je comprends quel vide cette nature d'élite laisse à celle qui partageait si absolument sa vie, par le vide que son absence laisse au milieu de nous tous, qui n'étions que des amis.

Oui, nous sommes affligés et indignés de certaines défections auxquelles je ne m'attendais pas; mais c'est une faiblesse passagère, une sorte de concession que des croyants peu fervents font à l'opinion d'une minorité turbulente; je suis convaincu que le nom de Durand-Claye ira grandissant, et égalera celui de son maître Belgrand pour qui il avait tant de respectueuse et déférente sympathie.

Ne soyez pas inquiète pour la mémoire de notre ami, chère Madame, une œuvre comme la sienne ne saurait périr en France, puisque toutes les grandes villes de l'Europe en ont fait leur profit et leur honneur.

Je vais désormais bien rarement à Paris, mais je tâcherai de venir quelque jour profiter de votre cordiale invitation et de causer un peu avec vous des jours heureux qu'égayaient la verve et l'esprit charmant de notre cher ami.

Recevez, chère Madame, l'hommage de mes plus cordiales et sincères sympathies.

E. Vallin.

Lettre de M. le docteur Chauveau, membre de l'Institut.

Madame,

Je viens seulement de trouver la brochure que vous avez bien voulu m'envoyer.

Combien je vous remercie de cette gracieuse attention.

Si je n'ai connu votre cher mari que très tard, je suis arrivé vite à l'apprécier autant que ses plus vieux et ses plus fidèles camarades. Aussi, comme eux et aussi vivement qu'eux, j'ai ressenti le contre-coup de votre douleur quand m'est arrivé, loin de Paris, l'annonce de la perte cruelle que vous veniez de faire.

Le coup a été d'autant plus dur pour moi qu'il était plus imprévu.

J'avais eu le plaisir de vous voir quelques jours auparavant et vous n'étiez pas du tout inquiète.

Tous les souvenirs de ce triste moment et de ceux, si différents, qui l'avaient précédé, me sont revenus en foule en parcourant ces pages posthumes, où se retrouvent toutes les qualités par lesquelles votre cher mari s'était mis en évidence.

En lisant ces pages, on se remet à penser à l'agrément de la sûreté de commerce de celui qui les a écrites.

Moi surtout je n'y pense pas sans un amer regret, car il a disparu au moment où nous allions nous trouver rapprochés par des vues communes sur des questions qu'il avait particulièrement à cœur, et où j'aurais certainement eu à profiter, beaucoup plus que je ne l'ai fait, de cette sûreté, de cet agrément attachés aux relations qu'on avait avec lui.

Je garderai précieusement, Madame, le souvenir que vous avez eu l'obligeance de me faire parvenir, et vous prie d'agréer, avec l'expression de ma reconnaissance, l'assurance de ma profonde et respectueuse sympathie.

A. Chauveau.

Lettre de M. E. Risler, directeur de l'Institut national agronomique.

Madame,

J'ai été très touché de la bonté que vous avez eue de m'envoyer ce précieux souvenir de votre excellent mari, sa dernière œuvre, hélas ! — On y retrouve toute sa vaste intelligence et sa merveilleuse facilité de travail ; et quand on pense que tout cela a été brisé en quelques instants!

Nous avions espéré l'avoir comme professeur à l'Institut agronomique, comme collègue à la Société nationale d'agriculture. On l'aimait partout, et voulait l'avoir partout!

Veuillez recevoir, Madame, avec mes remerciements, l'assurance de mes sentiments bien sympathiques et dévoués.

Eug. Risler.

Lettre de M. le marquis de La Ferronnays, député.

Madame,

J'ai tenu à lire la très intéressante notice que vous m'avez fait l'honneur de m'envoyer avant de vous en adresser mes remerciements; c'est la justification du retard que j'ai mis à vous dire combien j'avais été touché du souvenir que vous avez bien voulu garder de nos trop courtes relations avec M. Durand-Claye.

J'avais trop apprécié le charme de son esprit qui savait si bien se mettre à la portée des ignorants, pour peu qu'ils y apportassent de bonne volonté, pour ne pas comprendre l'étendue de la perte que sa mort a causé aux services publics. L'œuvre pour laquelle il m'avait fait partager sa confiance et ses convictions est heureusement en bonne voie, et je suis très fier d'avoir assez profité des explications que M. Durand-Claye avait bien voulu me donner pour avoir, dans une faible mesure, contribué à ce résultat.

Veuillez agréer, je vous prie, Madame, avec mes remerciements, l'hommage de mes profondément respectueux sentiments.

La Ferronnays.

Lettre de M. Pascal, architecte de la Bibliothèque nationale.

Madame,

Je vous prie d'agréer mes remerciements pour l'honneur que vous avez bien voulu me faire de m'adresser la brochure de votre regretté mari sur le dessèchement du lac Copaïs. Dans les trop rares rapports que nous entretenions au jury de l'École des Beaux-Arts et dans nos relations administratives ou autres, il m'avait inspiré la plus cordiale sympathie,

Son ardeur, son activité, la passion bienveillante qu'il mettait à tout ce qu'il touchait auraient écarté même la pensée que nous pourrions le perdre en pleine force, et nous font douter qu'il ne soit plus.

Ce m'est un précieux souvenir, Madame, que le témoignage d'estime de M. Durand-Claye dont vous voulez bien m'honorer.

Veuillez recevoir, Madame, l'expression du profond respect avec lequel j'ai l'honneur d'être votre très humble serviteur.

Pascal.

Lettre de M. Boulard, chef du bureau des dessinateurs à l'Ecole des Ponts et Chaussées.

Madame,

Je vous prie d'agréer mes sincères remerciements pour l'aimable souvenir que vous m'avez fait remettre ; je suis heureux de posséder le dernier ouvrage de l'infatigable travailleur que la mort a enlevé si brutalement à notre affection. S'il était possible de trouver une consolation à votre chagrin, vous la trouveriez dans l'unanimité des regrets qu'il a laissés derrière lui.

Je n'ai, pour ma part, jamais oublié que j'avais eu l'honneur de travailler avec lui dès 1863, lorsqu'il était élève de l'Ecole des Ponts, et je garderai toujours le meilleur souvenir de la ravissante excursion que j'avais faite avec lui et vous, Madame, au mont Saint-Michel.

Veuillez agréer, je vous prie, mes hommages les plus respectueux.

J. Boulard.

Lettre de M. Ch. d'Abbadie.

Madame,

Je viens de recevoir le dernier travail de votre mari, qu'un pieux souvenir de votre part me fait l'honneur de m'adresser comme à un de ceux qui tenaient en si haute estime l'homme distingué et si consciencieusement laborieux que nous avons eu le malheur de perdre avec vous. Je vous remercie d'avoir bien voulu penser à moi au milieu des nombreux amis que comptait M. Durand-Claye : il avait réveillé en moi les plus vives et les plus chaleureuses sympathies et son souvenir me suivra comme celui de l'homme le plus intelligent, le cœur le plus généreux et facile, qu'il m'ait été donné de rencontrer dans ma vie. En vous priant, Madame, de vouloir bien agréer mes remerciements, je vous renouvelle toute l'assurance attristée de mon plus profond regret.

Charles d'Abbadie.

Lettre de M. A. Hallays-Dabot, avocat.

Madame,

Je vous suis très reconnaissant d'avoir bien voulu m'adresser le beau travail de M. Alfred sur le lac Copaïs, que j'ai lu avec un vif intérêt; d'autant plus que la lecture en est rendue facile, même pour les indignes, grâce à la clarté et à la perfection de la forme.

La perte que vous déplorez nous a été, comme à tous, fort sensible, d'autant qu'elle a été imprévue et subite.

La remarquable intelligence de M. Alfred, s'appliquant si aisément à toutes choses, la nature si sympathique et si aimable de son caractère, lui avaient conquis, à juste titre, l'une des premières situations auxquelles un ingénieur français puisse aspirer. Ses nombreux amis, parmi lesquels je vous demande la permission de me compter, applaudissaient à ses rapides succès, que la mort devait brutalement interrompre. Les forces humaines, hélas! ont des bornes qu'on ne franchit pas impunément.

Victime de son ardeur infatigable pour le travail, votre cher mari a laissé, après lui, des regrets unanimes, et, pour vous surtout, un vide que rien ne pourra combler.

Daignez agréer, Madame, avec mes remerciements et mes hommages, le souvenir affectueux de ma femme.

Adrien Hallays-Dabot.

Lettre de M. L. Philippe, ingénieur en chef des Ponts et Chaussées, directeur de l'hydraulique agricole au Ministère de l'Agriculture

27 décembre 1888.

Madame,

Les obligations et les charges du service, particulièrement lourd à cette époque de l'année, ne m'ont pas encore permis d'aller vous remercier de l'obligeante pensée que vous avez eue de m'envoyer un exemplaire du dernier mémoire de votre mari. Nul n'a senti plus que moi la perte que nous avons faite en la personne de ce travailleur infatigable, qui trouvait moyen d'allier ses occupations multiples avec les distractions mondaines. Je me demandais comment il pouvait y faire face et lui manifestais parfois ma crainte que la nature impitoyable le minât en sous-œuvre et lui fit prématurément payer l'ardeur avec laquelle il se donnait à tout ce qu'il entreprenait. J'ai déploré avec tous les siens qu'il n'eût pas eu la joie de voir aboutir l'œuvre magistrale dont il avait préparé le succès avec tant de persévérance et de ténacité, et à laquelle son nom restera toujours attaché. Le souvenir de lui que vous m'avez adressé ravive la douleur que sa perte m'a causée, et n'est d'autant plus précieux. Je vous en remercie, et vous prie, en attendant que je puisse me rendre auprès de vous, d'agréer mes respectueux hommages.

Léon Philippe.

Lettre de M. Deligny, conseiller municipal.

5 avril 1889.

Chère Madame,

Vous m'annoncez l'insertion, dans un volume de souvenirs de votre cher mari, des quelques mots que je vous écrivais à mon retour de voyage pour vous exprimer toute ma douleur en apprenant la perte si cruelle qui venait de vous frapper.

Cette lettre était l'expression bien insuffisante de toute l'estime et de toute l'affection que j'avais pour votre regretté mari. — Depuis de nombreuses années déjà je m'occupais de ses travaux et plus qu'aucun autre j'avais apprécié toute leur valeur, et de leur importance; c'était avec bonheur et avec conviction que je le soutenais dans ses luttes, tenaces et patientes, contre les oppositions et les mauvais vouloirs.

On est difficilement prophète en son pays, et cependant il a été prophète, et, si nous l'avions conservé, il aurait lu ce matin dans le *Journal Officiel* la loi qui proclamait le triomphe de ses idées et qui les consacrait solennellement en leur assurant la sanction définitive de l'application. — Combien il eût été heureux de voir ainsi désormais assuré le fruit de tout son dévouement à notre cher Paris, à la science et à l'humanité. Aujourd'hui le souvenir et la gratitude des populations lui sont assurés;

mais malheureusement il n'en aura pas joui ; comme tous les prophètes il ne lui a pas été donné d'atteindre la terre promise.

Maintenant, chère Madame, son souvenir restera parmi nous mêlé à celui de Belgrand, dont il a été le si dévoué et si intelligent continuateur. — Ce sera notre consolation, Madame, et ce serait là vôtre aussi, si votre immense douleur pouvait être consolée.

Veuillez agréer l'assurance de mon respectueux dévouement.

E. Duligny.

ARTICLES

Les détails de carrière étant tous les mêmes, je les ai supprimés dans les articles de journaux et de publications diverses qu'on trouvera ci-après, de même que je n'ai pas reproduit ce qu'on a écrit d'Alfred dans le *Génie civil*, la *Semaine des constructeurs*, la *Revue géographique*, l'*Année scientifique*, le *Soir*, la *Cocarde*, le *Progrès militaire*, l'*Univers illustré* et la *Cloche* (qui ont donné son portrait), le *Sanitary Engineer de New-York*, les *Annales des ingénieurs et architectes italiens*... et dans bien d'autres journaux.

J'ai dû également laisser de côté ce qu'on a dit aux Sociétés de statistique, de médecine publique, des ingénieurs civils, du cabinet de lecture de Longjumeau. Ce n'est de ma part ni oubli, ni négligence ; mais ces publications n'eussent été que les répétitions d'éloges déjà faits.

LE TEMPS

30 avril 1888.

M. Alfred Durand-Claye, ingénieur en chef de la ville de Paris, est mort avant-hier après une courte maladie. Son nom restera attaché aux grands travaux de voirie souterraine auxquels il a collaboré depuis sa sortie de l'École des Ponts et Chaussées jusqu'à ce jour, c'est-à-dire pendant vingt-deux années. Élève brillant de Sainte-Barbe, Durand-Claye entrait le premier à l'École Polytechnique, et en sortait major en 1863.

Placé en 1866, sous les ordres de Belgrand, il a fait sa trop courte carrière au service de la ville de Paris. Collaborateur dévoué de M. Alphand, collègue de Couche, de Bartet et d'André, morts prématurément eux aussi, dans ces dernières années, Durand-Claye s'était, dès sa sortie de l'École, exclusivement voué à la question du tout à l'égout, dont il a été l'apôtre le plus ardent. L'installation de Gennevilliers est l'œuvre d'une collaboration active de MM. Mille et Durand-Claye ; elle devait, dans la pensée de ce dernier, répondre aux objections d'ordre hygiénique, cultural et pratique, qu'on élève contre le système du tout à l'égout. Ce n'est point ici le lieu de discuter la valeur de la démonstration à laquelle M. Durand-Claye a consacré son activité et son savoir, avec une ténacité qui n'excluait pas, dans les discussions les plus vives, une souplesse rare unie à une grande courtoisie. M. Durand-Claye avait des adversaires déterminés; il n'avait pas d'ennemis. Physionomie ouverte, élocution facile, parole chaude, ressources infinies dans l'argumentation, M. Durand-Claye possédait les qualités qui entraînent facilement les suffrages d'un auditoire. Les nombreuses publications où M. Durand-Claye a groupé les résultats des champs d'expérience de Gennevilliers, ses études sur les égouts de Paris et de quelques-unes des grandes villes de l'Europe, contiennent une masse de documents numériques que consulteront toujours avec intérêt, partisans et adversaires du tout à l'égout.

Dans un autre ordre d'idée, convaincu de la nécessité pour l'agriculture de transformer ses méthodes, son outillage en vue de l'élévation des rendements, M. Durand-Claye ne négligeait aucune occasion, congrès, réunions agricoles, etc., d'insister, avec le talent et la clarté qui lui étaient propres, sur les améliorations qu'appelle l'organisation du génie rural : utilisation des eaux des rivières et des fleuves pour l'irrigation, propagation des machines à grand travail, batteuses, semoirs, etc.

A tous ces titres, la mort prématurée de cet ingénieur distingué causera de vifs et durables regrets à ceux qui l'ont connu.

L. Grandeau.

LA FRANCE

2 mai 1888.

Nous venons d'enterrer M. Durand-Claye. Il est mort dans toute la force de l'âge, d'un coup rapide et imprévu, et ce qu'il y a de plus cruel pour lui, c'est qu'il est mort juste à l'heure où le projet qui avait été le rêve et l'occupation de toute sa vie allait se réaliser, c'est qu'il est mort, comme le Moïse des Livres saints, en vue de la terre promise qui sera conquise par un autre.

Je ne sais rien qui doive être plus douloureux pour un homme que d'avoir ainsi vécu d'une idée et d'en être arraché par la mort au moment même où elle était près de prendre corps, de ne pas jouir même une minute de son œuvre achevée !

Eh oui, nous avons tous quelque chose en train ! Mais ce quelque chose n'a été le plus souvent qu'une petite part de notre vie, et en tout cas, cela n'a intéressé que nous et notre famille; aucune considération de gloire n'y est mêlée.

Mais vivre toute sa vie d'un projet que l'on croit utile et glorieux! dépenser à le faire réussir toutes les forces de son esprit, ne ménager ni son temps, ni sa peine, ni son argent, ni ses démarches, pour aboutir à quoi? à la conquête d'un peu de gloire, à la satisfaction d'avoir achevé une œuvre qui sera comptée parmi les plus utiles; n'avoir plus qu'à allonger la main pour atteindre le but, et la sentir tout à coup séchée par une mort stupide et brutale, ce doit être un supplice affreux, un regret poignant.

Ce pauvre Durand-Claye! Il y avait trente ans qu'il s'était voué corps et âme au triomphe d'une idée qui, théoriquement, paraît la plus simple du monde, mais qui, dans la pratique, se heurtait à des difficultés et à des préjugés de toutes sortes. Il s'agissait de rendre à la terre, sous forme de déjections et d'engrais, tous les éléments de fertilité que la civilisation lui enlevait chaque jour sous forme de nourriture. La terre s'épuisera vite si elle donne toujours sans qu'on lui rende jamais. Les grandes villes sont de prodigieuses agglomérations de bouches qui consomment sans cesse et dans des proportions effrayantes; il faut que les résidus soient, de manière ou d'autre, restitués à la terre, au lieu d'être expédiés au fleuve qui les porte à la mer stérile, et qui nous empoisonne puisque nous buvons son eau.

. . . .

M. Durand-Claye se passionna pour cette question de l'utilisation des eaux d'égout. De faire de belles phrases sur le pouvoir fertilisant de ces eaux, cela ne servait pas à grand'chose; les phrases ne mènent à rien. C'était un moyen pratique qu'il cherchait.

De concert avec M. Mille, il imagina d'acheter, au nom de la Ville, dans la presqu'île de Gennevilliers, des terrains où il n'avait jamais poussé que des pierres, de verser sur cette terre aride un filet d'eau dérivé du collecteur d'Asnières, et d'attendre les résultats.

Ce n'était pas une petite besogne, car il fallait établir une machine élévatoire, creuser des conduites et régler la distribution. Ce fut d'abord dans toute la presqu'île un cri d'horreur. Les habitants adressèrent pétition sur pétition, firent démarches sur démarches, suppliant qu'on écartât ce calice de leurs narines.

L'administration tint bon. Quinze ans après — il ne fallut pas moins de quinze ans pour avoir raison du préjugé — c'étaient les habitants eux-mêmes de Gennevilliers qui demandaient à M. Durand-Claye de l'eau d'égout pour leurs champs, et la presqu'île fournissait la halle de choux énormes, de prodigieux navets et de fruits délicieux, nés de cette culture intensive.

Gennevilliers n'employait qu'une très petite partie de l'eau d'égout de Paris. Ce n'était qu'un joujou d'expérience. M. Durand-Claye projeta de se procurer un autre terrain où l'on opérerait plus en grand. Il y avait, derrière la forêt de Saint-Germain, des champs où il ne poussait que des broussailles ; il rêva d'en faire un jardin potager et un fruitier, se disant que, la chose faite, on pousserait plus loin, jusqu'à ce qu'on épuisât toute l'eau d'égout évacuée des dessous de Paris.

Il avait besoin, pour mieux achever son projet, d'avoir pour lui le Conseil Municipal, la Chambre, le Sénat, et, ce qui était plus difficile encore à conquérir, l'opinion publique.

Il se mit résolument à l'œuvre.

Il ne s'agissait pas seulement de prouver par de gros ouvrages l'excellence de la chose. Il fallait convaincre l'un après l'autre, isolément, individuellement, tous ceux de qui l'on dépendait, et les convaincre en les conduisant soi-même à Gennevilliers, en leur faisant toucher du doigt l'innocuité de cette pratique et les merveilleux résultats que l'on en obtenait.

C'est dans cette période de sa vie que j'ai eu l'honneur de faire la connaissance de M. Durand-Claye. Il était venu chez moi, comme il allait chez tout homme qui disposait d'une part d'influence. Moi aussi il me mena à Gennevilliers ; il m'expliqua toute l'affaire avec une admirable clarté, avec un si merveilleux brio que j'en fus séduit. Il mit entre mes mains les cartes, les plans, les rapports, les mémoires — « Tenez ! — me disait-il en me faisant lire un de ses mémoires sur l'utilisation des eaux d'égout à Berlin — n'est-ce pas enrageant pour nous ? Il y a cinq ou six ans les ingénieurs prussiens sont venus chez nous, ont étudié notre installation, se sont rendu compte de ses avantages, et, dix-huit mois après, Berlin était, sur nos plans, oui, sur nos plans, car ce sont nos travaux dont ces messieurs se sont servis, doté d'un vaste champ d'épuration, d'où l'eau d'égout sortait, après avoir fécondé le sol, déchargée de toutes ses impuretés, claire et bonne à boire.

Et moi, je lutte toujours !.. »

Il faut rendre justice au Conseil municipal de Paris : il a fait comme Thomas : il n'a eu besoin que de voir pour être convaincu, et il a prêté, sans restriction, toute son aide à Durand-Claye. Mais que de peine pour aboutir à la Chambre.

Six ans de polémique, pendant lesquels tout ce que le préjugé le plus tenace peut imaginer de violences a été tourné contre lui !

Et il ne se lassait point ! Il prenait chaque jour un ou deux députés et leur refaisait sa démonstration sur place, avec une ardeur et une patience infatigables. Quelle joie ce fut pour lui, lorsqu'enfin, il y a deux mois, la Chambre vota l'aliénation à la ville des terrains d'Achères. Je garde précieusement le billet qu'il m'écrivit le soir de cette journée mémorable pour lui. Il avait voulu qu'ayant été à la peine je fusse à l'honneur et prisse une part de ce triomphe.

Je le vois quelques jours plus tard, dispos, alerte et gai.

Et le Sénat? lui demandai-je, — vous ne craignez pas quelque anicroche.

— Oh! me dit-il, au Sénat, on n'a pas de surprises à redouter. Ce sont des hommes prudents, qu'il s'agit de convaincre par de bonnes raisons; mais, une fois convaincus, on peut compter sur eux : je tiens la chose faite. »

Elle ne l'était pas encore lorsque la mort l'a pris. Mais elle se fera. Dans vingt ans, les champs d'épuration seront assez nombreux pour que toute l'eau d'égout soit utilisée, la Seine sera désinfectée, des pays arides seront tranformés en jardin et qui sait?

Peut-être alors parlera-t-on d'élever à M. Durand-Claye une statue, comme on l'a fait pour Parmentier, qui n'avait eu d'autre mérite que de dire à ses contemporains :

« La pomme de terre sautée au beurre est excellente, mangez-en donc? »

Francisque Sarcey.

LE TÉLÉGRAPHE ET LE SOIR

2 mai 1888.

Une foule émue et attristée de Parisiens appartenant à toutes les branches de notre activité nationale se pressait hier matin dans l'intérieur et aux abords de l'église de la Trinité.

On rendait un dernier hommage à un des ingénieurs les plus éminents et les plus distingués de notre époque.

Alfred Durand-Claye, ingénieur en chef des Ponts et Chaussées, est trop connu du public parisien et du monde des sciences pour que nous refassions ici sa biographie.

Il avait voué la dernière partie de sa vie à cette question si grave, si majeure pour notre grande cité, de l'hygiène des habitations et de la voie publique.

C'est à son initiative, à ses travaux persévérants que Paris doit de connaître les causes et de pouvoir atténuer les épidémies de fièvre typhoïde, de choléra, etc., qui faisaient des victimes par milliers, au temps jadis, et que la science moderne parvient à combattre et à circonscrire aujourd'hui.

Aussi modeste que savant, Alfred Durand-Claye a été emporté par la mort avant d'avoir recueilli la gloire qui s'attachait à ses œuvres, mais ceux qui connaissent les grands intérêts hygiéniques de la ville de Paris apprécieront toute l'étendue de la perte que la France vient de faire.

Il n'était pas seulement, à l'École des Ponts et Chaussées et à l'École des Beaux-Arts, un professeur éminent, c'était encore et surtout un modèle à suivre par l'énergie et la persévérance de ses efforts et de son travail.

LA LANTERNE

2 mai 1888.

M. Alfred Durand-Claye a été enterré hier matin.

Il laissera un nom de premier ordre dans l'histoire des travaux de la ville de Paris. Depuis près de vingt ans il s'était voué avec passion à la question des égouts. Il joignait à la science de l'ingénieur, l'entrain et la verve du propagandiste. Il ne reculait devant aucun effort pour bien montrer aux esprits les plus prévenus l'avantage que présentaient le tout à l'égout et l'épuration des eaux contaminées, pour la culture du sol.

C'était lui qui avait poursuivi les expériences si concluantes de Gennevilliers.

Il est mort au lendemain du jour où la Chambre avait enfin adopté le projet de concession d'Achères.

Les riverains de la Seine, d'Asnières, de Mantes, se rappelleront que si l'eau du fleuve ne charrie plus de matières organiques, bientôt, nous l'espérons, c'est à M. Durand-Claye qu'ils devront ce progrès.

OFFICE CENTRAL DES ADJUDICATIONS

3 mai 1888.

Le service des travaux de la Ville de Paris vient de faire une nouvelle et cruelle perte dans la personne d'Alfred Durand-Claye, ingénieur en chef des Ponts et Chaussées, chargé de la troisième division, dite de l'assainissement

. . . .

En 1867 il était placé comme ingénieur ordinaire sous les ordres de M. Mille, alors ingénieur en chef chargé d'étudier les moyens pratiques d'utiliser les eaux d'égout et d'assainir la Seine. Ces questions importantes, qui constituaient ainsi le début de sa carrière, ont été l'objet des études de toute sa vie. Depuis l'essai de Gennevilliers, essai couronné de succès, jusqu'aux dernières et retentissantes discussions provoquées par le système du « tout à l'égout », Durand-Claye a toujours été sur la brèche. Les nombreux travaux qu'il a publiés sur ces sujets lui avaient acquis une notoriété européenne.

Aussi bon géomètre qu'habile ingénieur, il avait, presque immédiatement après sa sortie de l'École des Ponts et Chaussées, signalé sa valeur technique par la publication de mémoires importantes sur la théorie de la stabilité des voûtes. La méthode qu'il a donnée est depuis longtemps connue, dans le monde entier, sous le nom de *Méthode de Durand-Claye.*

Professeur à l'École des Ponts et Chaussées et à l'école des Beaux-Arts, chargé depuis plusieurs années de l'important service de l'entretien des égouts, de la Bièvre, des vidanges et voiries, de l'assainissement de la Seine, de l'utilisation des eaux d'égout, et du champ d'expériences de Gennevilliers, il suffisait à tout, grâce à une activité prodigieuse et à une étonnante facilité de travail.

Dans les nombreuses commissions où il avait à défendre ses idées, il apportait dans la discussion une telle conviction, jointe à un tel brio, que les adversaires les plus déterminés de ses théories restaient sous le charme de cette parole vibrante et colorée.

L'homme privé ne le cédait en rien à l'ingénieur. Esprit élevé, caractère gai, main ouverte, Durand-Claye était aimé de tous ceux qui l'approchaient à un titre quelconque.

Les discours prononcés sur sa tombe par les représentants autorisés des diverses administrations auxquelles il avait été attaché ont montré dans quelle haute estime il était tenu par tout le monde. Une seule note un peu discordante s'est produite. On avait droit d'attendre plus de générosité d'un adversaire auquel sa grande situation devait faire voir les choses de plus haut.

Durand Claye n'avait pas quarante-sept ans quand il a été importé subitement après quelques jours d'une maladie bénigne. Il était officier de la Légion d'honneur, et décoré d'un grand nombre d'ordres étrangers.

O. C.

LE CANTON

6 mai 1888.

Vendredi, 27 avril, vers dix heures du soir, M. Durand-Claye, ingénieur en chef de l'assainissement, est mort en son domicile, rue de Clichy, 69, à Paris. Il n'avait que 47 ans.

Il souffrait depuis dix jours, de rhumatismes.

Vendredi soir, avec la gaieté vaillante qui caractérisait cet esprit d'élite, il causait avec un ami, plaisantant le mal qui paralysait tous ses membres, quand, subitement, la mort vint le frapper. — Une embolie avait eu raison de cette existence qu'avaient remplie le dévouement au bien public et la passion du progrès pour la science dont il était l'une des plus hautes autorités.

M. Durand-Claye ne verra pas le couronnement de son œuvre, à Paris du moins, puisque le Sénat ne s'est pas encore prononcé sur l'utilisation des eaux d'égout votée par la Chambre; mais il l'a vue appliquée dans vingt villes d'Europe, et il est étrangement cruel de voir ce lutteur atteint par la mort à la veille de son triomphe, comme un soldat par quelque balle perdue le soir d'une victoire.

Le Conseil municipal de Paris n'a nul besoin d'une suggestion de notre part pour perpétuer la mémoire du savant homme de bien qui vient de disparaître; mais ce ne serait que justice de donner son nom soit à la rue qu'il habitait, soit à l'avenue de Clichy conduisant aux champs de Gennevilliers qu'il a créés et qui ont été l'école de l'Europe.

M. Alphand, l'éminent directeur des travaux, est trop connu pour qu'on doute qu'il ne s'emploie à faire rendre à son collaborateur la justice qui lui est due.

En ce qui nous concerne, nous avons été douloureusement frappés de cette mort qu'un ami du défunt est venu nous annoncer au Raincy en nous apportant la dernière lettre qu'a dictée Durand-Claye et qui nous était destinée.

Réunissant en brochure les articles parus dans *Le Canton* sur l'assainissement de la Seine et de Seine-et-Oise, nous avions écrit à M. Durand-Claye ce qui suit :

Paris, le 25 avril 1888.

« Monsieur Durand-Claye,

« C'est à vos enseignements que nous devons d'avoir pu traiter la ques-
« tion du « Tout à l'égout » et de l'assainissement dans quelques articles

« de notre journal *Le Canton*. Permettez-nous de vous en dédier le « recueil.

« Agréez, etc.

« *Signé* : Clémencet et Dorré.

Le 27, M. Durand-Claye dictait à M. Corot, son secrétaire, la réponse que voici :

Direction
des Travaux de Paris.

—

ASSAINISSEMENT

A MM. Clémencet et Dorré.

« Messieurs,

« Je vous remercie de vouloir bien me dédier votre travail. Il y a « vingt ans que nous avons commencé notre collaboration et que nous « avons cherché à détruire dans Paris la plaie hideuse des fosses fixes et « mobiles, et, dans la banlieue, les hontes des dépotoirs, des voiries et « des fabriques de sulfate d'ammoniaque.

« Nous arriverons peut-être à assurer aux Parisiens, et surtout à l'ou- « vrier parisien, la salubrité du logis et la pureté de l'air dans la ban- « lieue.

« Espérons que le succès définitif est proche.

« A vous de cœur,

« L'Ingénieur en chef de l'assainissement. »

La signature manque...

M. Corot accompagnait son envoi d'une lettre ainsi conçue :

Paris, le 27 avril 1888.

« Mon cher Monsieur Dorré,

« Ci-joint une lettre de M. Durand-Claye qui n'a pas pu signer. Il me « l'a dictée.

« Mon cher ingénieur en chef va un peu mieux aujourd'hui. Nous avons « pu le mettre sur une chaise longue.

« Votre dévoué serviteur,

« Paul Corot.

La lettre que nous a adressée M. Durand-Claye a été son dernier acte administratif; quelques heures après il mourait.

Nous garderons précieusement le souvenir du savant ami que nous perdons, et nous adressons le témoignage de notre douloureuse sympathie à la famille frappée par cette mort inattendue.

Les obsèques ont eu lieu à Paris au milieu d'une affluence considérable lundi à dix heures.

Nous avons remarqué dans le cortège, aux cordons du poêle, MM. Poubelle, Alphand, Lagrange et Dubois, ces deux derniers représentant l'École des Beaux-Arts et des Ponts et Chaussées où M. Durand-Claye était professeur, toutes les notabilités de la science et de l'administration, un grand nombre de sénateurs, de députés et de conseillers municipaux. Les services de la ville étaient représentés.

Le char disparaissait sous les fleurs.

Un grand nombre de couronnes gigantesques étaient portées par différents groupes. Le recueillement était général.

M. Alphand continuera l'œuvre du collaborateur qu'il vient de perdre.

Nous espérons fermement que cette mort prématurée ne portera pas un trop grand préjudice à la cause qu'avait passionnément embrassée le défunt et que nous soutenons nous-même, depuis tant d'années, dans notre sphère modeste.

UNION AGRICOLE D'EURE-ET-LOIR

5 mai 1888.

Nous apprenons la mort, à Paris, de M. Alfred Durand-Claye, l'habile collaborateur de M. Alphand.

Par sa famille, M. Durand-Claye appartenait au département d'Eure-et-Loir : sa mère était fille de M. Maréchal, médecin à Dreux, et sœur d'un sous-préfet de Dreux ; son père était né à Chartres, où son grand-père était ce qu'on appelait alors « accusateur public » et frère de M. Auguste Durand, médecin à Chartres. Il fit même quelque temps partie de notre Conseil général. Son fils est donc presque un de nos compatriotes.

Le *Petit Journal* a consacré à M. Durand-Claye une notice assez complète que nous ne pouvons mieux faire que de reproduire.

« Alfred Augustin Durand-Claye était né à Paris le 10 juillet 1841 ; après d'excellentes études à Sainte-Barbe, où il remporta tous les premiers prix de chaque concours, il entra avec le n° 1 à l'École polytechnique et en sortit également major pour entrer à l'École des Ponts et Chaussées. Il fut attaché au service de la Ville de Paris sous les ordres de Belgrand, le grand directeur des eaux et égouts, pour y étudier spécialement les questions d'assainissement de la Seine et d'utilisation des eaux d'égout auxquelles il n'a cessé de se consacrer pendant toute sa carrière.

On n'a pas oublié les discussions récentes de la Chambre sur le déversement des eaux d'égout à Achères et les discussions orageuses qui ont trouvé un écho dans la presse entière, et ont abouti difficultueusement à un vote favorabe de la Chambre.

Le projet en discussion était l'œuvre de Durand-Claye : il s'y était attaché avec la persistance qui caractérisait sa nature d'une souplesse extraordinaire, mais d'une ténacité sans pareille lorsqu'il s'agissait de l'accomplissement de ses vues. Travailleur infatigable, membre de nombreuses commissions savantes, tant en France qu'à l'étranger, professeur aux Écoles des Ponts et Chaussées et des Beaux-Arts, Durand-Claye se dépensait sans compter, allant droit à son but, ralliant autour de lui de nombreux partisans, mais se créant en même temps de nombreux adversaires.

Il s'était intitulé lui-même l'apôtre du « Tout à l'égout » et tous ses efforts, toutes ses conceptions, s'étaient tendus vers la réalisation de ce projet dont il avait fait sa chose, dont il semait l'idée dans toutes les capitales et toutes les grandes villes de l'Europe où il était connu des ingénieurs et des savants.

Quel est le sort réservé aujourd'hui au projet des irrigations par les eaux d'égout, projet actuellement introduit au Sénat, maintenant que M. Durand-Claye n'est plus là pour le soutenir comme il avait su le défendre au Conseil municipal de Paris et dans les couloirs de la chambre ? Nul ne saurait le dire. C'est l'inconnu qui s'ouvre.

Quoi qu'il en soit, M. Durand-Claye a été *quelqu'un*, et sa mort prématurée est une grande perte pour la Ville de Paris, aussi bien que pour le corps des Ponts et Chaussées.

Les obsèques de M. Durand-Claye ont eu lieu lundi au milieu d'une foule nombreuse et recueillie où l'on remarquait des notabilités de toutes sortes. Plusieurs discours touchants et élogieux ont été prononcés sur la tombe.

Nous adressons à la famille nos plus vifs sentiments de condoléance.

L'ARCHITECTURE

5 mai 1888

M. Alfred Durand-Claye est décédé subitement le 27 avril, à l'âge de quarante ans, saisi par la mort en pleine activité, en pleine lutte pour la réalisation des grands travaux d'assainissement de la ville de Paris auxquels son nom restera désormais attaché. Sa remarquable et trop courte carrière commença en 1866, année où il débuta dans le service de la ville de Paris sous les ordres de Belgrand, dont il fut plus tard appelé à être le continuateur. Tout le monde savant, tout le public intelligent a pu apprécier l'énergie, la conviction, le talent de parole et d'écrivain qu'il apporta à développer les connaissances générales des principes de l'hygiène, et, particulièrement, de l'hygiène des grandes villes, objet constant de ses études. En ces difficiles questions, très jeune encore, il s'était acquis une renommée véritable et justement méritée.

La Société centrale des Architectes, où son titre de professeur à l'École des Beaux-Arts lui assurait d'avance de grandes sympathies, avait eu la bonne fortune d'entendre une de ces conférences savantes et familières, auxquelles M. A. Durand-Claye apportait la chaude conviction de sa parole, et où il développait avec tant d'art, de passion presque, sa théorie de l'irrigation à l'eau d'égout, déjà mise en pratique avec succès dans la presqu'île de Gennevilliers. Un récent débat de la Chambre des députés avait été suivi, on se le rappelle, d'un vote favorable aux projets du très regretté ingénieur.

La Société Centrale perd en M. A. Durand-Claye un de ses membres associés libres et un collaborateur distingué; sa mort cause les plus profonds et les plus unanimes regrets.

LA CONSTRUCTION MODERNE

5 mai 1888.

Le nom d'Alfred Durand-Claye, qui vient de mourir prématurément, restera attaché aux grands travaux de voirie souterraine que la ville de Paris a exécutés depuis une vingtaine d'années, et surtout à la question encore si débattue du « tout à l'égout », dont il était le partisan convaincu et l'apôtre zélé.

Depuis sa sortie de l'École des Ponts et Chaussées, il n'a cessé d'être attaché aux travaux de la Ville. Dès l'origine il se voua exclusivement à la question du Tout à l'égout. L'installation de Gennevilliers est l'œuvre d'une collaboration active de MM. Mille et Durand-Claye; elle devait, dans la pensée de ce dernier, répondre aux objections d'ordre hygiénique qu'on élève contre le système du « tout à l'égout ». Le premier essai a complètement réussi, on le sait. Aussi l'éminent ingénieur comptait appliquer plus en grand le système, et envoyer à Achères une nouvelle portion des eaux d'égout de la capitale. Il ne verra pas la réalisation de son désir, mais ses collaborateurs continueront son œuvre avec dévouement.

Le caractère de l'homme était des plus affables. Il avait la physionomie ouverte, l'élocution facile, et entraînait facilement les suffrages d'un auditeur.

Ces qualités étaient précieuses pour le professorat et les anciens élèves de l'École des Beaux-Arts se rappellent tous avec quelle science, quelle merveilleuse clarté il exposait son cours de stéréotomie.

Il a laissé de nombreux documents sur les égouts de Paris, et sur l'assainissement. C'était là son œuvre principale. Mais les questions les plus diverses ont été abordées par lui. L'agriculture, notamment, avait été l'objet de ses études. Dans de nombreuses conférences il insistait sur les améliorations qu'on peut apporter au génie rural; utilisation des eaux des rivières pour l'irrigation, propagation des machines agricoles, etc.

Enfin ses travaux sur la mécanique sont également célèbres, et sa méthode de calcul des voûtes de maçonnerie est devenu classique.

E. R.

LE PROGRÈS MÉDICAL

(7 mai 1888)

La ville de Paris vient d'être frappée d'un deuil cruel: Notre ami, M. Durand-Claye, ingénieur en chef des Ponts et Chaussées, est mort subitement vendredi dernier, 27 avril, d'une embolie survenue durant la convalescence d'un rhumatisme articulaire.

M. Durand-Claye, après de brillantes études à Sainte-Barbe, entrait le premier en 1861 à l'École Polytechnique d'où il sortait dans les Ponts et Chaussées. Il continua à l'École de ce nom ses études, où ses succès croissants le firent nommer en 1867 ingénieur de la ville de Paris sous les ordres de Belgrand, un de nos plus illustres ingénieurs, qui a doté notre capitale du système actuel d'égouts. Les idées de Belgrand ne manquèrent pas d'être adoptées par Durand-Claye, qui s'occupa toute sa vie de l'assainissement et devint l'ardent partisan de l'utilisation agricole des eaux d'égout et du tout à l'égout.

Dès son entrée à la Ville, M. Durand-Claye a publié une série de travaux importants parmi lesquels nous citerons... ...

Nous devons rappeler qu'il a pris une part très active aux discussions de la Société de Médecine publique et des Congrès internationaux d'hygiène. C'est en mettant à profit toutes les publications de M. Durand-

Claye et grâce à son obligeance amicale qu'il nous a été permis de faire, à la Chambre des députés, un rapport aussi complet que possible sur le projet d'assainissement de la Seine.

M. Durand-Claye a, en outre, dressé les projets d'assainissement pour les villes de Buda-Pest, Odessa, Genève, Cannes, Reims ; il a publié des comptes rendus sur l'assainissement de Londres, Bruxelles, Dantzig, Berlin, Breslau, Amsterdam, etc., ainsi que des articles très estimés sur l'assainissement agricole (Desséchement du lac Fucino, Procédé des industries agricoles et forestières à l'Exposition universelle de 1878, etc.).

M. Durand-Claye laisse d'unanimes regrets. Entièrement rempli par l'idée de l'œuvre qu'il avait entreprise à la suite de ses maîtres, Belgrand et Mille, il avait apporté dans l'étude du tout à l'égout une ardeur et un dévouement qui ne l'ont jamais abandonné. Toujours sur la brèche, le premier et le dernier au travail, il a su se créer, dans sa trop courte carrière, de très vives sympathies. Il est vrai que des adversaires peu consciencieux lui avaient voué, en revanche, une haine irréconciliable. Dans son service, si important, depuis le plus petit jusqu'au plus grand, il savait se concilier tout le monde et nous nous rappellerons toujours les paroles d'un de ses plus modestes employés qui, tout ému, est venu nous apporter la fatale nouvelle : « Nous perdons en M. Durand-Claye le meilleur des chefs, en même temps que le plus aimé et le plus juste. » C'est la plus belle et la plus sincère des oraisons funèbres.

. . . .

Nous adressons à Mme Durand-Claye, avec tous nos regrets, nos plus respectueux compliments de condoléance.

Dr Bourneville.

REVUE D'HYGIÈNE ET DE POLICE SANITAIRE

Mai 1888.

Le coup le plus imprévu vient de frapper le comité de rédaction de la *Revue d'hygiène*, et tous ceux qui s'intéressent au progrès de l'hygiène publique. Notre collaborateur et ami, Alfred Durand-Claye, est mort subitement le 27 avril dernier à l'âge de 46 ans, au cours d'une atteinte de rhumatisme.

Rien ne faisait prévoir une perte aussi prématurée et aussi funeste. Il y a quelques jours encore, Durand-Claye était au milieu de nous en pleine santé, en pleine activité, en pleine force. Avec sa bonne humeur, sa verve, son entrain, son exubérance, personne n'était plus vivant que notre ami.

Il était polémiste ardent, parce qu'il avait l'enthousiasme et la foi. La forte éducation scientifique qu'il avait reçue à l'École Polytechnique et à l'École des Ponts et Chaussées l'avait conduit à étudier positivement, expérimentalement, pratiquement, l'une des questions qui intéressent au plus haut degré les hygiénistes et les ingénieurs.

Élève de Belgrand, pour qui il a toujours conservé un véritable culte, il avait voué toutes ses forces, toute son intelligence, à une cause qu'il espérait mener prochainement à bonne fin; ce succès eût été la récompense d'une vie de lutte, d'apostolat, de prosélytisme; il est mort en vue du port.

Durand-Claye était une personnalité, entrainant la sympathie, la conviction, par sa chaleur de cœur, par son enthousiasme, par son éloquence, par la verve spirituelle avec laquelle il réfutait les arguments d'avocat, les préjugés, les timidités et les préventions théoriques. Dès qu'on l'approchait on était captivé; le nombre de ceux qu'il a séduits et convaincus dans les réunions et les congrès, où il aimait à se rencontrer avec ses adversaires, est considérable; les applaudissements et les ovations ne lui ont manqué ni à Paris, ni à Turin, ni à Genève, ni à la Haye, ni à Vienne. Admirable conférencier, parlant sans cesse d'abondance, familièrement et avec chaleur, il séduisait, il entrainait, parce qu'on était persuadé qu'il avait raison. Homme d'action, il se prodiguait sans compter, avec une bonne humeur communicative. Partout il allait étudier sur place ce qui pouvait l'instruire; il avait visité à plusieurs reprises les canalisations et les services d'hygiène de toutes les grandes villes de l'Europe; chaque année on l'appelait en consultation pour avoir son avis sur les systèmes d'égout déjà établis ou à établir, soit en France, soit à l'étranger. Il avait en ces matières une compétence que personne peut-être, en notre temps, n'a égalée. Il était l'homme, la personnification de ce système qu'on a appelé après lui « le tout à l'égout ». L'homme disparait, l'œuvre reste; maintenant qu'il est mort, on reconnaitra mieux encore qu'il avait raison. Ses précurseurs et ses maitres, MM. de Freycinet, Alphand, sauront terminer ce qu'il a commencé.

A. Durand-Claye était en France le représentant le plus autorisé, le plus actif, de cette branche de l'art de l'ingénieur que les Anglais désignent sous le titre heureux de « Génie sanitaire », illustré chez eux par les Rawlinson, les Douglas Galton, les Baldwin Latham, les W. Eassie, les Rogiers Field, etc., et qui commence à prendre chez nous une importance véritable.

A. Durand-Claye a écrit un nombre considérable de mémoires et de rapports dont la *Revue d'hygiène* a eu la bonne fortune de publier quelques-uns. Il était un des membres les plus assidus du comité de rédaction de cette Revue qu'il aimait, dont il fut l'un des premiers collaborateurs, et qui combattit avec lui ce que nous croyons être le bon combat. Nous adressons à l'ami qui n'est plus un douloureux adieu. Quant à l'ingénieur et à l'hygiéniste convaincu, nous sommes assurés que son œuvre lui survivra et qu'elle glorifiera sa mémoire.

E. Vallin.

LE JOURNAL D'HYGIÈNE

Compte rendu de la séance de Mai de la société française d'Hygiène.

En laissant à notre cher Président le soin de vous rappeler la noble existence de l'éminent ingénieur de la Ville de Paris, M. Alfred Durand-Claye, permettez-nous de vous rappeler qu'il fut pour la société l'ami de la première heure, pendant qu'il est toujours resté pour votre secrétaire général le conseiller le plus bienveillant, le plus impartial et le plus dévoué.

Peu de jours avant sa mort, nous lui remettions le recueil annuel du *State Board of Health* du Massachussetts, et nous notions ensemble les chapitres qui méritaient d'être signalés d'une manière plus particulière à votre attention. Comme il était heureux et fier de pouvoir venir vous montrer, preuves en mains, les magnifiques résultats obtenus au delà de l'Atlantique pour l'utilisation agricole des eaux d'égouts de Boston, en suivant, point par point, les enseignements pratiques de la magnifique expérience de Gennevilliers.

Dr de Pietra Santa.

SOCIÉTÉ FRANÇAISE D'HYGIÈNE

Notice lue dans la séance de mai par M. Marié Davy, président.

La Société française d'hygiène vient de faire une très grosse perte dans la personne d'Alfred Durand-Claye, ingénieur en chef de l'Assainissement de Paris.

Gouche, Bartet, André, Durand-Claye : voilà quatre ingénieurs en chef du service parisien, tous relativement jeunes, qui disparaissent en moins de trois ans !

. . . .

Travailleur infatigable, il se dépensait sans compter, allant droit à son but, et ce but était sans cesse devant ses yeux. Tous ici nous connaissons ses grands projets d'épuration des eaux d'égout, par les irrigations méthodiques du sol et par l'utilisation de leurs principes fertilisants. J'étais déjà tout acquis à la grandeur de ses idées, et ma confiance en elles était telle que je n'hésitai pas à faire entrer mon fils à l'Institut agronomique de Paris, voulant qu'il me secondât dans mes travaux et les continuât avec A. Durand Claye.

Une mort prématurée est venue rompre ces projets, et c'est au vieillard qu'incombe le devoir de rendre un dernier hommage à l'homme jeune, plein d'un glorieux avenir, et de résumer devant vous ses travaux déjà considérables.

. . . .

A. Durand-Claye était non seulement un savant passionné pour la science en général, et pour l'œuvre à laquelle il avait voué sa vie, c'était de plus un homme doux et aimable. Il savait ce qu'il voulait, et le voulait bien. Dans les discussions ardentes et passionnées qu'il soutenait avec la foi d'un apôtre, contre des préjugés vivaces et sans cesse renaissants, il rencontra sans doute des adversaires non moins ardents que lui ; mais il était en même temps soutenu par des partisans convaincus, résolus, et de jour en jour plus nombreux.

Ses projets, qui ont soulevé en France tant de récriminations, malgré leur utilité chaque jour mieux sentie, rencontraient, à l'étranger, plus de faveur, ou du moins y trouvaient un milieu mieux préparé.

. . . .

Nous pouvions regretter de voir A. Durand-Claye assister aussi rarement à nos séances qui ont toujours lieu dans la soirée après dîner; c'était l'heure de son repos choisi, et qui appartenait surtout à ses nombreux amis; mais il suivait nos travaux de très près et réclamait le *Journal d'Hygiène* toutes les fois qu'il se trouvait, accidentellement, lui arriver en retard. L'accord des sentiments de la majorité de la Société avec les siens propres, surtout en ce qui concerne l'assainissement de Paris, était une des satisfactions qu'il savait apprécier.

Ses études, ses leçons si nourries de faits et si remplies d'intérêt, lui avaient valu une notoriété européenne. Les villes les plus lointaines réclamaient le concours de ses lumières. Son nom vivra dans l'histoire des grands travaux publics et dans la mémoire de ses nombreux disciples et amis.

Gardons pieusement sa mémoire. Il fut un de ceux qui honorèrent le mieux la Société française d'Hygiène, et furent les plus fidèles à son exergue!

Laboremus.

MARIE-DAVY.

ANNALES D'HYGIÈNE PUBLIQUE ET DE MÉDECINE LÉGALE

Mai 1888.

La mort de M. A. Durand-Claye, frappé subitement à quarante-six ans dans la plénitude de son activité et de son talent causera une vive douleur à tous ceux qui s'intéressent aux progrès de l'hygiène. Travailleur infatigable, poursuivant avec persévérance l'étude et la solution des questions qui le passionnaient, il était une force. Il savait mettre en mouvement l'opinion publique, il l'avait initiée à bien des problèmes sanitaires. On pouvait ne pas partager ses opinions ; il serait injuste de méconnaître le rôle qui lui appartient dans le progrès accompli depuis quinze ans.

Orateur de talent, courtois, il défendait ses convictions avec une verve entraînante, il charmait ses auditeurs, il savait utiliser les matériaux les plus variés, montrer comment chacun d'eux, bien mis en place, concourait à édifier l'œuvre qu'il voulait construire.

Homme de foi, quand il croyait tenir la vérité il la proclamait partout, dans les congrès, les conférences, les sociétés savantes. Il ne se reposait jamais s'il pensait qu'il lui restait quelqu'un à convaincre. Il savait si bien s'identifier avec les questions qu'il étudiait qu'il en était l'incarnation et que, si l'on ne partageait pas toutes ses opinions, il semblait qu'on l'attaquât personnellement.

Cette apparence a trompé quelques-uns de ses adeptes, mais je ne crois pas que lui s'y soit mépris. J'ai eu le vif regret d'être en dissentiment avec M. A. Durand-Claye, sur la question qui lui tenait le plus au cœur, j'ai eu souvent l'occasion de soutenir avec lui des discussions dans lesquelles, malheureusement, nous sommes restés des adversaires résolus. La lutte a duré sept ans, elle a été ardente, je n'ai pas souvenir qu'un mot ou un acte ait trahi de la part de mon regretté collègue un ressentiment personnel. C'est un hommage que je devais à sa mémoire.

J'avais espéré que lorsque cette unique question, qui nous séparait, serait résolue, nous nous trouverions poursuivant ensemble la solution des problèmes sur lesquels nous étions d'accord. Sa puissance de travail et de persuasion manquera dans les nouvelles étapes qu'ont à parcourir les hygiénistes ; je suis sûr que bien souvent nous chercherons à la Société de médecine publique la place qui désormais restera vide, pour tous ce sera un amer regret.

P. Brouardel.

L'ÉCHO DU XXe ARRONDISSEMENT

16 mai 1888.

Je n'ai pas la prétention de faire ici une biographie d'Alfred Durand-Claye, il me faudrait le journal entier pour montrer les diverses qualités de l'ingénieur, de l'hygiéniste et de l'homme affable et charmant qu'ont connu ses amis.

En 1866 Belgrand le chargea d'étudier les questions si graves et si complexes de l'assainissement de la Seine ; Durand-Claye apporta à cette étude l'intelligence et la volonté hors ligne dont il était doué. Il parcourut la France et l'Europe étudiant encore, étudiant toujours, et se convainquant tous les jours davantage qu'il n'existait qu'un moyen d'assainir une grande ville comme Paris ; l'utilisation agricole de ses eaux usées.

Il haussait les épaules, en homme pratique qu'il était, quand on lui parlait de jeter à la mer ces eaux qui représentent, comme engrais, une valeur de plusieurs millions.

Ses travaux sur l'assainissement de Dantzig, Berlin, Breslau, lui donnèrent une réputation universelle, et, si connu qu'il fut en France, il l'était bien davantage à l'étranger, où les savants hygiénistes le tinrent toujours en haute estime.

Quoiqu'appartenant à l'administration, Durand-Claye n'était qu'à moitié administratif. Je m'explique :

A Paris il a été reconnu, admis et décrété d'une façon absolue qu'il n'y avait de bon, d'excellent, de parfait, que les égouts en galerie maçonnée, qui ont la spécialité de coûter fort cher ; aussi, faute d'argent, beaucoup de nos villes attendent-elles leur égout. Sans méconnaître la réelle supériorité de l'égout maçonné sur le drain en poterie, Durand-Claye estimait que, dans les quartiers annexés, mieux valait exécuter un drain coûtant quatre fois moins que l'égout ordinaire et permettant aux petits propriétaires d'établir un tuyautage pour desservir leur immeuble, au lieu d'une galerie, que de ne rien faire du tout.

Pour prouver d'un seul coup, et d'une manière irréfutable la possibilité de l'entreprise, il avait choisi comme essai la partie de la rue Saint-Fargeau comprise entre le boulevard Mortier et la rue Haxo, c'est-à-dire un des plus mauvais terrains de Paris, car le sol est composé en grande partie de sable mouvant, et, en certains endroits, on y rencontre l'eau à un mètre de profondeur.

C'était donc pour Paris une innovation, car à Londres et à Berlin le système du drain est appliqué sur une vaste échelle ; une innovation pratique et économique en administration. Quel révolutionnaire!!

Il s'était si bien identifié à cette question d'hygiène, l'assainissement de Paris, qu'il l'avait faite sienne et qu'il avait été dénommé l'apôtre du « tout à l'égout ». Il était fier de ce titre.

Apôtre, il l'était en effet, et nul plus que lui n'a lutté par la plume, la parole et les actes pour faire prévaloir une idée aussi féconde en bons résultats, mais si peu dans nos mœurs qu'il n'a pas vaincu complètement la résistance de la routine, malgré vingt années d'expériences à Gennevilliers, l'exemple de cent cinquante villes anglaises, celui de Milan, Bruxelles, Nancy, Montpellier, et, — faut-il le dire — les dix-huit mois d'application à Paris.

Ses ennemis, car il eut l'honneur d'être haï et calomnié, l'attaquèrent avec un acharnement et une déloyauté inouïs; il répondit sans repos ni trêve à toutes les attaques, à tous les arguments et ne sépara jamais l'assainissement de Paris, par la suppression des fosses fixes, de l'utilisation immédiate et directe des eaux usées, par l'agriculture.

La Chambre lui avait pourtant donné raison ainsi que le conseil général d'hygiène de la Seine; seule la sanction du Sénat lui manquait pour démontrer d'une façon grandiose l'excellence de ses idées.

Tout faisait espérer que sous peu son œuvre serait complète, quand la mort vint brusquement l'enlever à ses travaux.

Certes, nous ne craignons pas de voir disparaître avec lui cette question vitale pour Paris, mais ses successeurs auront-ils cette foi ardente, ce feu sacré qui lui faisait attaquer et vaincre tous les obstacles?

De l'homme, nous ne dirons qu'un mot : Il est regretté des nombreux employés de son service qu'il considérait, non comme des agents, mais comme de modestes et dévoués collaborateurs. Regretté de son personnel! N'est-ce pas pour un Ingénieur, un chef, le plus bel éloge funèbre?

T. Duman.

SOCIÉTÉ D'HORTICULTURE

24 mai 1888.

M. le Président (M. Hardy) exprime de vifs regrets sur quatre pertes que vient d'éprouver la Société par le décès de MM. Laloy, Buland Dupuy-Jamain et Alfred Durand-Claye, membres titulaires.

M. Ch. Joly rend de vive voix un légitime hommage au mérite éclatant par lequel se distinguait le dernier de ces collègues dont la Société déplore aujourd'hui la perte. M. Alfred Durand-Claye, dit-il, était un ingénieur d'un rare talent, à qui ses travaux avaient valu la plus haute considération. On sait qu'entré à l'Ecole polytechnique le premier de sa promotion, il en était sorti également le premier. Après son temps d'études à l'École des Ponts et Chaussées, il avait été attaché au service de la Ville de Paris et spécialement placé sous la direction de Belgrand. De là, sa trop courte carrière d'ingénieur a été entièrement consacrée à la solution des importantes questions que soulève le régime des eaux et des égouts de notre grande capitale. Sérieusement préoccupé de l'importance que pouvait avoir l'utilisation des eaux d'égout, et des conséquences avantageuses qu'elle aurait, tant sous le rapport des produits que sous celui de l'hygiène, il a institué, en commun avec M. l'ingénieur Mille, la grande expérience de Gennevilliers. Ses travaux dans cette direction ont suscité contre lui bien des haines, ont fait naître des luttes dont il ne lui a pas été donné de voir la fin. Ils l'ont mis maintes fois en relation directe avec notre Société à laquelle il a toujours témoigné un vif intérêt et qui, de son côté, a plusieurs fois prêté un concours utile à son œuvre. Ainsi, on se rappelle que, pendant qu'il était préfet de la Seine, M. F. Duval avait nommé une Commission composée de membres de notre Société, en la chargeant de s'occuper de l'application de l'eau des égouts de Paris à la culture maraichère. Cette commission a aidé puissamment à la solution de cette importante question, et, parmi ses membres, il faut citer comme ayant rendu les plus grands services, feu Siroy, M. Michelin et M. H. de Vilmorin.

A cette époque, la Société a eu plusieurs fois occasion d'entendre M. Durand-Claye et d'admirer sa rare facilité d'élocution ainsi que la parfaite clarté avec laquelle il savait exposer même des détails arides et compliqués. Au reste, la profonde estime qu'il avait su inspirer à tous ceux qui le connaissaient, par ses qualités personnelles comme par son talent, s'est bien manifestée à ses obsèques qui avaient attiré un concours considérable de personnes de toute condition, qui toutes étaient visiblement en proie à une vive émotion. C'est là un témoignage de haute considération pour le mérite, d'estime et d'affection pour la personne.

J'ai pensé, dit en terminant M. Ch. Joly, qu'au moment où la Société vient de perdre, en M. Durand-Claye, l'un de ses membres les plus distingués et les plus appréciés, il convenait de rendre un hommage public à ce regretté collègue, dont nous garderons toujours un précieux souvenir.

La Compagnie applaudit à ces paroles de M. Ch. Joly, témoignant ainsi qu'elle partage ses sentiments sur l'homme distingué qui les lui a inspirées.

De son côté, M. le président remercie notre collègue d'avoir bien voulu être, en cette circonstance, l'interprète de la pensée de tous.

BULLETIN MENSUEL DE L'ASSOCIATION POLYTECHNIQUE

Séance du jeudi 7 juin **1888.**

La ville de Paris a perdu cette année l'un de ses ingénieurs les plus estimés, M. Alfred Durand-Claye, décédé subitement le 27 avril. M. Durand Claye s'était voué, dès les débuts de sa carrière d'ingénieur, à l'étude des questions d'assainissement de Paris et de la Seine. Pendant les vingt-deux années qu'il est resté attaché au service municipal, il n'a cessé de consacrer à la solution de ce grand problème humanitaire toute la force que peut donner une instruction technique de premier ordre jointe à une activité et une volonté extraordinaires.

M. Durand-Claye n'était pas un inconnu pour nous. Il a été attaché à l'Association comme membre actif pendant plusieurs années; le cours de mécanique qu'il professait était certainement l'un des plus suivis, et il donnait lui-même l'exemple d'une assiduité qui ne s'est jamais démentie un seul instant.

Plus tard, nommé professeur de stéréotomie et de levé de plans à l'École des Beaux-Arts, et d'hydraulique agricole à l'École des Ponts et Chaussées, il dut nous quitter. Mais, de près comme de loin, il n'a cessé de témoigner le plus grand intérêt à notre association et il aimait à rappeler le temps où il avait débuté dans nos rangs. « L'Association Polytechnique, disait-il, a été le berceau de mon professorat. »

Il était toujours prêt, quand il s'agissait de rendre service à notre œuvre, et l'Association conservera toujours le souvenir des conférences si attrayantes qu'il a faites dans les sections du IVe, du IXe et du XIe arrondissement. Elle se rappellera plus particulièrement celle de la salle des Capucines, au bénéfice de l'Association, et son discours d'inauguration des cours professionnels de la Chambre syndicale des ouvriers plombiers.

Lors de la réorganisation du Comité de patronage, il fut l'un des premiers nommés; il figure au nombre de nos bienfaiteurs, et, certes, il avait droit, par plus d'un titre, à notre gratitude. Quelques jours avant sa mort, il préparait un nouveau programme de conférences qu'il comptait faire cet hiver dans nos sections, et, notamment, dans le XVe et le XXe arrondissement.

Nous sommes heureux, au nom de l'Association, de rendre à ce collaborateur si éminent et si dévoué, cet hommage public d'affection, de respect, et de profonde reconnaissance.

L. M.

L'AVENIR DE SEINE-ET-OISE. — LA GAZETTE AGRICOLE BULLETIN DE LA SOCIÉTÉ D'ENCOURAGEMENT

23 juin 1888.

L'agriculture française vient de perdre un de ses serviteurs les plus dévoués et les plus savants, M. Alfred Durand-Claye, ingénieur en chef des Ponts et Chaussées, vice-président de la section de génie rural et président de la commission des engrais à la Société des agriculteurs de France, est mort subitement, le 27 avril, au cours d'un rhumatisme articulaire qui ne laissait nullement prévoir une issue fatale.

Après avoir fait à Sainte-Barbe de brillantes études et remporté plusieurs prix au concours général, il entra le premier à l'École Polytechnique, premier à l'École des Ponts et Chaussées, où il obtint encore le premier rang à la fin des études en 1866. Ce dernier succès, d'après une tradition constante du corps dans lequel il venait d'entrer, le fit attacher pendant un an au secrétariat du conseil général des Ponts et Chaussées, où M. Belgrand put l'apprécier.

L'éminent directeur des eaux et égouts de Paris fut frappé des rares qualités d'assimilation et de travail du jeune ingénieur et le prit aussitôt au service de la ville de Paris, où s'est écoulée sa trop courte carrière, toute consacrée à des travaux touchant l'agriculture et à l'enseignement du génie rural, de sorte que, sans avoir jamais eu à diriger une exploitation rurale, il a été l'un des hommes qui ont le plus contribué au progrès des méthodes de culture, et qui ont le plus attiré l'attention des esprits sur les problèmes agronomiques, en les faisant connaître et en en montrant l'importance.

Dès 1867, il fut placé dans le service des égouts par M. Mille et chargé d'étudier sous sa direction les questions multiples concernant l'assainissement de la Seine et l'utilisation des eaux d'égout. A ce moment, on cherchait, sans l'avoir trouvée complètement, la solution du problème qui consiste à débarrasser une métropole aussi immense que Paris de ses détritus liquides, sans empoisonner les communes environnantes ou les cours d'eau qui les traversent. Deux systèmes étaient en présence, soutenus avec une rare énergie par deux hommes de talent; l'un, celui de

M. Lechatelier, consistait à faire passer l'eau par une série de bassins où elles auraient été traitées par des agents chimiques, de telle sorte qu'on eût obtenu, à la sortie, des eaux à peu près pures qu'on eût pu rejeter impunément dans le fleuve, tandis qu'on aurait recueilli les matières précipitées dans les bassins pour en faire des engrais ; l'autre système, préconisé par M. Mille, consistait à refouler l'eau, à l'aide de pompes, dans des canaux pour les distribuer sur une surface cultivée et à se servir ainsi de la végétation comme désinfectant en rendant à l'agriculture sous forme liquide tous les principes fertilisants qu'elle abandonne aux villes sous forme d'aliments de toutes espèces : viande, légumes, grains, fruits.

Ce procédé de restitution frappa vivement l'esprit de Durand-Claye ; toute sa carrière d'ingénieur fut consacrée à sa réalisation ; il sut surmonter des obstacles qui auraient arrêté un esprit moins ardent. La ville de Paris fit ses premiers essais à Gennevilliers, où elle rencontra une hostilité générale ; la nature sympathique et généreuse de son représentant fut une des principales causes du succès définitif de cette opération.

L'opération de Gennevilliers n'était qu'un essai ; les ingénieurs de la ville durent préparer un vaste plan pour l'utilisation totale des eaux d'égout. Durand-Claye prépara l'irrigation d'étendues considérables de terrains dans la forêt de Saint-Germain et à Méry-sur-Oise. Il défendit, à la commission de la Chambre des députés, les projets qu'il avait conçus et se disposait à les soutenir au Sénat, lorsque la mort est venue l'arracher à son œuvre.

Les amis du progrès agricole ne peuvent que s'associer au désir de la voir arriver à bonne fin. Trop longtemps les villes ont été de véritables pompes d'épuisement demandant tout à l'agriculture et ne lui rendant rien ; il faut que, par une réciprocité qui est dans les lois de la nature, elles restituent, sous la forme d'engrais et d'amendements, les principes qu'elles ont exportés des champs dans leur enceinte ; sans cela, on marchera droit à l'appauvrissement du sol national.

Peut-être, les projets d'utilisation des eaux d'égout de Paris portent-ils sur une surface trop restreinte et faudra-t-il les améliorer en diminuant la quantité d'eau versée par hectare, mais le principe est juste et fécond.

Comme tous les véritables amis de l'agriculture, M. Durand-Claye avait compris les services immenses que la Société des Agriculteurs de France rend au pays ; il y faisait souvent entendre sa parole ardente et convaincue et a fourni aux publications de la Société de nombreux mémoires sur les points les plus intéressants de l'hydraulique agricole, aussi fut-il appelé par des voix unanimes à la vice-présidence de la section du génie rural. Il en fut de même à la commission des engrais, où il remplaça le savant et regretté baron Paul Thénard et où il sut imprimer une activité et un intérêt considérables aux travaux qui y attirèrent un nombre remarquable de savants et d'agronomes.

Ces occupations auraient suffi à tout autre que lui; il sut y ajouter la chaire d'hydraulique agricole et de génie rural à l'École des Ponts et Chaussées où il remplaça en 1880 M. Hervé Mangon; la vaste étendue de ses connaissances agricoles et l'ardeur avec laquelle il développait son enseignement, contribuèrent à faire des élèves ingénieurs de futurs auxiliaires de l'agriculture dans les départements où leur service les envoya à leur sortie de l'école d'application. Cette transformation d'un corps souvent hostile aux intérêts ruraux n'est pas le moindre des services rendus par Durand-Claye.

Ce cours, autographié seulement d'après les notes des élèves, devrait être publié en dehors des cahiers distribués pour le service intérieur de l'École; il contient, sous une forme succincte, une foule de renseignements utiles coordonnés avec le plus grand soin. Il se complète par le beau rapport qu'il fit en 1878 sur les machines et les travaux agricoles; c'est un véritable livre accompagné d'un atlas donnant la reproduction de presque toutes les machines agricoles; il constitue un ensemble impossible à trouver ailleurs.

A ces publications capitales, il faudrait ajouter la longue énumération de rapports, de conférences de toutes sortes éparses dans les recueils des Sociétés savantes de France et de l'étranger, les annales des Ponts et Chaussées, les publications de la Ville de Paris, etc., et toutes se rapportant à des questions d'agriculture ou d'hygiène. Ces écrits sont pleins de faits, la question y est toujours traitée magistralement, d'un style clair et sobre; M. Durand-Claye avait une facilité prodigieuse de travail, il savait étudier à fond chaque problème et ne donner qu'une solution profondément mûrie.

Aussi son enseignement, tant à l'École des Ponts et Chaussées qu'à l'École des Beaux-Arts où, depuis 1868, il fut chargé du cours de stéréotomie, était-il suivi avec assiduité par les élèves émerveillés de son talent d'exposition et de la rare habileté avec laquelle il dessinait à la craie sur le tableau, en se jouant, les épures les plus difficiles.

Il faut ajouter que cet ingénieur éminent, ce savant hors ligne, avait le caractère d'une simplicité et d'une bienveillance extrêmes; son bonheur était d'être utile à tous ceux qui l'approchaient : aussi, au jour de ses obsèques, on vit se presser en rangs serrés les ouvriers de la ville de Paris et les cultivateurs de la presqu'île de Gennevilliers que ses fonctions officielles mettaient en rapport journalier avec lui.

L'*Avenir de Seine-et-Oise* ne devait pas laisser disparaître un tel serviteur des intérêts ruraux, un ingénieur qui a eu constamment pour objectif le perfectionnement et l'amélioration des procédés culturaux, sans esquisser ce qu'il a été et donner à sa mémoire respectée un tribut de reconnaissance et de regret.

Comte P. de Salis.

ASSOCIATION AMICALE DES INGÉNIEURS

ANCIENS ÉLÈVES DE L'ÉCOLE DES PONTS ET CHAUSSÉES

Juillet 1888.

Le 27 avril, Alfred Durand-Claye, ingénieur en chef des Ponts et Chaussées, a succombé après une courte maladie.

Professeur à l'École depuis 18 ans, la majeure partie des membres de l'Association a gardé les meilleurs souvenirs de cet éminent ingénieur qui avait au plus haut degré le talent de rendre son enseignement aussi attrayant qu'utile : il était de ceux qui, apres avoir été maîtres, deviennent amis. Après avoir quitté l'École, et même la France, un grand nombre de nos camarades ont continué les meilleurs rapports avec lui ; il n'a jamais refusé l'aide de ses conseils à ceux de ses anciens élèves qui s'adressaient à lui.

La mort subite qui l'enleva à ses nombreux amis fut un coup terrible pour le corps dont il était une des gloires.

Notre Association, à laquelle il s'est toujours montré si sympathique, s'associe de tout cœur à ce deuil.

Presque tous les membres de l'Association résidant à Paris assistaient à son enterrement et une couronne fut déposée par eux sur sa tombe.

Au lieu de donner une biographie complète nous croyons ne pouvoir mieux faire que de reproduire en entier le discours de M. Lagrange, et celui de notre camarade et vice-président M. Pillet, qui, sans s'arrêter aux détails de la carrière, a tracé une image si fidèle de son ami et traduit si bien les sentiments de tous ceux qui ont connu de près cet éminent ingénieur.

. . . .

ANNÉE SCIENTIFIQUE

C'est le 30 avril 1888 qu'on rendait les derniers hommages à un éminent ingénieur en chef des Ponts et Chaussées, Durand-Claye.

Le nom de Durand-Claye restera attaché aux grands travaux de la Voirie souterraine de Paris, auxquels il a pris part depuis sa sortie de l'École des Ponts et Chaussées, c'est-à-dire pendant vingt-deux ans. Entré à l'École polytechnique en 1861 avec le premier numéro, il en sortait major en 1863 et passait à l'École des Ponts et Chaussées.

Le poste d'ingénieur en chef des travaux de la Ville de Paris était alors occupé par un homme éminent dans son art, Belgrand. Durand-Claye en 1866 commença à travailler sous ses ordres en qualité d'ingénieur de 3e classe, et il a fait toute sa carrière au service de la ville de Paris.

Collaborateur dévoué de M. Alphand, collègue de Couche, de Bartet et d'André, morts prématurément dans ces dernières années, Durand-Claye s'était exclusivement voué, depuis dix ans, à la question du « Tout à l'égout » dont il fut l'apôtre le plus ardent. L'installation de Gennevilliers pour le déversement des eaux d'égout de la Seine lui est due, ainsi qu'à son collègue, M. Mille. Cette belle création répond suffisamment par elle-même aux diverses objections d'ordre hygiénique cultural et pratique qu'on élève contre le système du « tout à l'égout ». Mais la mort de Durand-Claye est le plus fâcheux événement qui pût survenir pour le succès de cette cause, et le vide qu'il laisse profitera singulièrement aux adversaires de ce projet.

Durand-Claye avait, en effet, des adversaires déterminés, mais point d'ennemis. Sa physionomie ouverte, son élocution facile, la simplicité de son abord, tout était réuni chez lui pour séduire et entraîner un auditoire.

Durand-Claye, avec une activité sans égale, a multiplié sa publication pour faire connaître les résultats des expériences de Gennevilliers. Ses études sur les égouts de Paris et de quelques-unes des grandes villes d'Europe contiennent une quantité de documents numériques, que consulteront toujours avec intérêt partisans et adversaires du « Tout à l'égout » quel que soit le sort réservé à ce projet.

Le génie rural avait aussi beaucoup occupé Durand-Claye, qui marchait, dans cet ordre d'idées, sur les traces d'Hervé Mangon. Il ne négligeait aucune occasion, dans les Congrès, réunions agricoles, etc., d'insister, avec le talent et la clarté qui lui étaient propres, sur l'utilisation des eaux des rivières, des fleuves, pour l'irrigation, et sur l'importance des machines pour le travail agricole.

Durand-Claye est mort, âgé seulement de quarante-six ans, et, on peut le dire, en pleine force. D'après le récit que j'ai entendu de la bouche d'un de ses collaborateurs et amis, présent à la catastrophe, sa mort fut foudroyante. Elle ne peut s'expliquer que par une embolie, le mot scientifique moderne qui remplace celui de « mort subite », du vulgaire.

Durand-Claye était professeur à l'École des Beaux-Arts et à l'École des Ponts et Chaussées, officier de la Légion d'honneur, etc.

REVUE D'HYGIÈNE

Avril 1889.

La question de l'assainissement de la Seine est enfin résolue. Le projet déposé par le gouvernement afin de porter sur la presqu'île de Saint-Germain une partie des eaux d'égout de Paris a été finalement adopté par la Chambre des députés.

C'est la fin d'une campagne qui a duré quatorze ans, et dans laquelle les intérêts sanitaires de la ville de Paris et des départements qu'arrose la Seine depuis sa sortie de la capitale ont eu à lutter contre tant d'intérêts particuliers.

On ne peut s'empêcher, au moment où la solution rationnelle de ce difficile problème est enfin obtenue, de remercier tous ceux qui ont pris part à sa défense, et de regretter, au jour du triomphe, l'absence de celui qui, à force de talent, de dévouement et d'énergie, s'en était fait le promoteur et l'apôtre. Cette loi devrait porter le nom d'Alfred Durand-Claye ; le jour viendra où un monument digne de lui rappellera son nom aux populations dont il a accru le patrimoine et la santé.

A. J. M.

ALLOCUTION DE M. CH. GARIEL

INGÉNIEUR EN CHEF DES PONTS ET CHAUSSÉES,

MEMBRE DE L'ACADÉMIE DE MÉDECINE, PROFESSEUR DE LA FACULTÉ DE MÉDECINE

Au dîner de promotion du 22 décembre 1888.

Mes chers camarades,

Notre promotion, déjà bien éprouvée, a subi cette année encore de douloureuses pertes, parmi lesquelles je dois citer en premier lieu celle d'Alfred Durand Claye qui, comme vous le savez, a été enlevé brusquement au milieu d'une maladie qui ne présentait pas de gravité. Ce n'est pas ici le lieu de retracer, même sommairement, l'histoire de ses travaux et de sa carrière, elle est connue de nous tous, et tous nous sommes convaincus qu'il est un de ceux dont notre promotion a le droit de se glorifier. Je ne veux, je ne dois vous parler du camarade que nous regrettons que comme d'un ami dont l'absence aujourd'hui jette un voile de deuil sur notre réunion. Depuis de longues années, depuis la mort de Demongeot, c'était lui qui présidait avec affabilité ces agapes annuelles ; c'était lui qui, en quelques mots simples, faisait l'histoire de la promotion pendant l'année qui venait de s'écouler, c'était lui qui nous rappelait le souvenir de ceux qui avaient disparu ; il était l'âme de cette réunion. Il a disparu à son tour !

Ai-je besoin de vous dire qu'il avait un vif sentiment de la bonne camaraderie, et qu'il était toujours prêt à obliger ? Ai-je besoin de vous dire qu'à sa haute intelligence il joignait un esprit aimable, un caractère gai, enjoué, qu'il aimait les arts ? nous le savons tous. Les années avaient passé, et nous le retrouvions toujours tel que nous l'avions connu autrefois !

J'éprouve une véritable émotion en vous parlant de Durand-

Claye ; il était pour moi plus qu'un camarade, c'était un ami. Je ne le connaissais pas avant notre entrée à l'École, et j'eus peu de relations avec lui pendant les deux années que nous y avons passées. C'est à l'École des Ponts que nous nous sommes liés, et rapidement l'intimité s'est établie ; les circonstances ont fait que ni l'un ni l'autre nous n'avons quitté Paris ; aussi nos relations se sont resserrées de plus en plus, et ont entraîné une affection réciproque, sincère et profonde. J'ai vivement ressenti la perte que nous faisons tous et dont j'ai été informé inopinément à Marseille, sans même que j'eusse le temps d'arriver à Paris pour me joindre à ceux qui l'accompagnaient à sa dernière demeure.

Je ne vous parlerai pas de la douleur immense de sa compagne, avec laquelle il vivait dans une communion d'idées absolue. Mme Durand-Claye vit d'une manière constante dans le souvenir de notre cher camarade. Elle a eu connaissance de la date de notre réunion d'aujourd'hui, et m'a chargé de remettre à chacun de vous un exemplaire de la dernière publication de son mari, persuadée, et elle ne se trompait pas, que nous saurions apprécier la pensée délicate qui la guidait. Qu'elle veuille bien recevoir, avec nos remerciements pour cet envoi, l'expression de nos sentiments de sympathiques condoléances.

NOTICE [1]

Par M. CHOISY

INGÉNIEUR EN CHEF DES PONTS ET CHAUSSÉES

Le 27 avril 1888, le corps des Ponts et Chaussées perdit, en Alfred Durand-Claye, un ingénieur dont le nom restera lié à l'histoire des récents progrès de l'hygiène publique et de la salubrité des grandes villes. Détruire ce foyer d'infection qui se forme dès que se crée une agglomération humaine, restituer au sol ce que les villes lui coûtent; faire entrer dans le domaine de la pratique l'idée de ce circuit théorique où les résidus de la vie, revivifiés par le sol, deviennent les éléments d'une fécondité nouvelle : telle fut la constante préoccupation de Durand-Claye; il lui voua la meilleure part de sa trop courte existence. Pour la réaliser, il multiplia les expériences, il étudia personnellement les essais tentés aux divers points de l'Europe; et dès que ses convictions furent fixées, il poursuivit l'application avec l'ardeur que mérite d'inspirer une grande œuvre humanitaire ; les congrès scientifiques, les expositions internationales, les commissions officielles et surtout l'enseignement de l'École des Ponts et Chaussées lui fournirent l'occasion de formuler, de répandre les méthodes ; grâce à ses nombreux voyages, il les fit rayonner aussi loin que s'étendent les sympathies françaises, il vit ses solutions admises en Autriche, en Russie ; et, en échange des notions qu'il portait au loin, sans cesse il nous fit profiter de ce qui s'est accompli au dehors de tentatives et d'efforts pour l'assainissement des villes.

Comme toutes les vocations, le désir de contribuer à ce progrès le saisit dès son entrée dans la vie réelle. Il aimait à rappeler ce souvenir, et je lui en emprunte à lui-même le récit : « C'était en 1864. J'étais à l'École polytechnique. Le dimanche, mes camarades et moi, nous avions l'habitude de distribuer des secours aux familles pauvres des maisons voisines de l'École ; c'est là que j'ai conçu l'idée de la disparition des vidanges de la maison. De toutes les chambres, des émanations infectes s'exhalaient : j'eus dès lors l'ambition de consacrer ma vie à ce grand problème de l'assainissement de Paris. »

(1) Extrait des " Annales des Ponts et Chaussées".

— Etablissons d'abord l'état de la question au moment où Durand-Claye intervient.

La question de l'assainissement est double : évacuer les détritus, puis les utiliser ; débarrasser la ville des matières putréfiées qui l'encombrent mais sans reporter ailleurs le foyer d'infection : l'affranchir en transformant s'il se peut les détritus en matières productives.

Pour Paris, la première partie de ce double problème était seule résolue. Dès 1865, Belgrand avait achevé cet admirable réseau des égouts et des collecteurs qui affranchit la ville de ses immondices : mais de ces immondices que faire ? Faute de mieux, à titre de solution provisoire, on les déversait dans la Seine ; les produits des égouts étaient perdus pour l'agriculture et devenaient une menace pour les populations d'aval ; il y avait là, en tenant compte seulement de la teneur en azote et en acide phosphorique, une perte pour l'agriculture : c'était un devoir économique de recouvrer cette valeur ; mais la question des moyens demeurait entière.

On savait qu'en Espagne, depuis l'époque des Maures, les eaux d'égouts sont à la fois épurées et utilisées par voie d'irrigation ; que le Milanais peut à son tour nous offrir sur leur emploi les leçons d'une expérience plusieurs fois séculaire ; que l'Ecosse en tire des richesses : M. Mille, alors ingénieur en chef de la ville de Paris, fut chargé d'étudier sur les lieux ces applications étrangères, et revint convaincu que là est la solution.

De son côté, M. Lechâtelier avait mis en avant l'idée d'une épuration chimique : des essais comparatifs furent décidés, et M. Mille en eut la direction ; il demanda les analyses au laboratoire de l'École des Ponts et Chaussées placé dans les attributions de M. Léon Durand-Claye, et s'adjoignit Alfred Durand-Claye comme ingénieur ordinaire. Alfred fut ainsi, à ses débuts, le collaborateur du frère aîné qui lui avait ouvert la voie dans la carrière.

L'entrée d'Alfred Durand-Claye au service des expériences date de 1868. L'installation alors était modeste : une surface d'à peine 1 hectare 1/2 ; mais en présence des produits obtenus, l'administration municipale ne tarda point à décider l'extension du champ d'essais ; et Durand-Claye, après avoir étudié sur place les travaux d'assainissements de l'Angleterre et de la Belgique, dressa, sous les ordres de M. Mille, un projet d'application des irrigations à la presqu'île de Gennevilliers. Dès 1869, on se mit à l'œuvre. La Seine fut franchie par une conduite de $0^{m},60$ de diamètre établie sur le pont de Clichy, et les eaux d'égout, refoulées par une force motrice de 40 chevaux, furent réparties sur une surface de 6 hectares ; la partie non utilisée était clarifiée chimiquement avant d'être déversée à la Seine.

Au début, les ingénieurs eurent à lutter contre d'étranges aversions : il fallut céder le terrain à titre gratuit pour déterminer quelques jardiniers à tenter des essais d'eau d'égout; heureusement les succès des premières tentatives leur ouvrit bien vite les yeux sur leurs vrais intérêts : en huit mois, il y eut double récolte, et le produit brut des cultures maraîchères atteignit 4,400 francs par hectare. La démonstration était faite; et Durand-Claye, sûr de la voie à suivre, commença aussitôt cette campagne de prosélytisme qui s'est continuée tant qu'il a vécu : des années 1869 et 1870 datent ses premières communications à la Société d'encouragement, à la Société des agriculteurs de France, à la Société des ingénieurs civils, à la Société d'horticulture. L'École des Ponts et Chaussées lui offrit à son tour un auditoire prêt à accueillir, et plus tard à mettre en œuvre, ses doctrines : Durand-Claye y fut chargé en 1870 de conférences sur l'assainissement municipal.

Puis vinrent les désastres de la guerre, qui portèrent vers les occupations de la défense toute l'activité de l'ingénieur : mais les loisirs forcés que lui fit la Commune lui permirent de rassembler ses idées, de les mûrir; et, à l'issue de cette triste période, il concourut à l'œuvre de réorganisation en rédigeant tout un programme de l'hygiène publique sous le titre : « L'assainissement municipa de Paris ; droits, devoirs, réformes. »

L'opini n publique, le Conseil municipal de Paris se montraient de plus en plus favorables à la solution nouvelle. Dès que le calme fut rétabli, en 1871, Durand-Claye dressa un projet définitif de réorganisation du service et, en moins d'une année, il eut la satisfaction de réaliser la majeure partie de ce projet : une machine à vapeur de 150 chevaux envoya dans la plaine 50,000 mètres cubes d'eau par jour; des conduites en béton de ciment, d'une construction aussi ingénieuse qu'économique, permirent de pourvoir souterrainement à tous les besoins de la distribution; on était enfin sorti de la période des essais pour entrer dans celle des grandes applications; les consécrations officielles du succès ne se firent pas attendre :

En 1873, le jury de l'Exposition universelle de Vienne décerna une médaille de progrès à M. Mille et à Durand-Claye;

En 1874, Durand-Claye était nommé secrétaire et rapporteur de la commission ministérielle d'assainissement de la Seine;

En 1875, Buda-Pesth lui demandait une étude d'assainissement.

L'Exposition de 1878 se préparait ; Durand-Claye fut appelé à participer à son organisation ; il fut membre et secrétaire du comité d'admission de la classe 51 (matériel et procédés des industries agricoles et forestières), puis rapporteur du jury. Son rapport forme un volume, accompagné de 63 planches, qui restera comme une statistique complète marquant à cette date l'état des connaissances agricoles.

En 1880, la chaire d'agriculture et d'hydraulique agricole occupée à l'École des Ponts et Chaussées, par Hervé Mangon, devint vacante : l'auteur du rapport de l'Exposition de 1878 était tout indiqué pour la remplir. Durand-Claye apporta dans ce nouvel enseignement, non seulement sa profonde connaissance des faits, mais cette verve communicative, cet accent de conviction ardente qui captivent et entraînent. Plus d'un auditeur étranger emporta de cet enseignement des principes qui se développèrent au loin, et l'ingénieur, devenu professeur, fut plus que jamais consulté dans les pays où ses élèves avaient porté le souvenir de ses leçons et le respect de son savoir : après Buda-Pesth, ce fut Odessa qui réclama de lui un projet d'assainissement (1880) ; puis Genève et Cannes (1882) ; Nice (1884) ; le Havre et Chantilly (1885).

De jour en jour, Durand-Claye était appelé à prêter a de nouvelles commissions le concours de ses lumières ;

En 1882, il était nommé secrétaire de la commission technique de l'assainissement à la préfecture de la Seine ;

La même année, il succédait à Hervé Mangon comme membre de la commission permanente de l'hydraulique agricole ;

Enfin, en 1887, il était désigné comme membre et rapporteur du comité d'organisation de la classe 49 à l'Exposition universelle.

Mais l'objet principal où tendaient ses efforts était l'assainissement même de Paris ; c'est à ce grand projet qu'il rapportait toutes les observations, fruits de ses nombreux voyages, toutes les indications de ses propres expériences.

En 1881, il avait étudié les aménagements de Dantzig, de Berlin, de Breslau, et il constatait comme un point acquis à l'hygiène publique, la suppression des fosses fixes. Surtout les résultats obtenus en Angleterre l'avaient frappé. La ville de Londres, qu'il avait visitée à trois reprises, en 1868, en 1872 et en 1882, lui paraissait offrir l'exemple d'un système susceptible de perfectionnement dans le détail, mais absolument irréprochable quant au principe : l'envoi direct à l'égout, avec l'aide d'abondantes chasses d'eau. On ne pouvait mieux faire que d'imiter l'exemple.

Pour la question d'épuration et d'emploi des eaux d'égout, Durand-Claye avait définitivement abandonné l'idée des procédés chimiques qui rendent à la Seine des eaux claires mais non purifiées, et enlèvent à l'agriculture environ la moitié de l'azote retenue à l'état de substances dissoutes, éminemment putrescibles.

A son avis, la solution de Gennevilliers, l'épuration par le sol et la végétation, suffisait à tout; et voici le point où les expériences avaient été conduites :

La surface irriguée s'était étendue à 650 hectares et avait suffi à l'épuration d'un volume annuel de 22,000,000 de mètres cubes; le volume épuré ressortait à plus de 50,000 mètres cubes par hectare et par an. Durand-Claye considérait 40,000 mètres cubes comme une moyenne absolument normale.

Au début, des craintes s'étaient manifestées au sujet du fonctionnement du sol comme agent épurateur pendant les gelées; des hivers violents avaient passé et toujours la température des eaux d'égout avait été assez élevée pour maintenir, même pendant les plus fortes gelées, la continuité des phénomènes de filtration.

Au point de vue de l'épuration, l'emploi des eaux en irrigation offre donc toutes les garanties d'une marche ininterrompue et régulière.

Se place-t-on au point de vue du rendement, les résultats se résument ainsi :

En cinq ans, la valeur locative de l'hectare s'est élevée de 90 francs à 450 francs; l'hectare s'est vendu 10,000 francs et le produit brut a été sans cesse compris entre 3,000 et 10,000 francs. La population s'est accrue de 34 p. 100; et la municipalité de Gennevilliers, soucieuse d'assurer dans l'avenir le maintien d'une situation si favorable, a passé avec la ville de Paris un contrat qui lui garantit les eaux d'égout pour douze ans.

Ces avantages étaient-ils achetés au prix de l'insalubrité de la contrée? Les statistiques répondent : elles indiquent un état sanitaire absolument normal. Les irrigations étaient en pleine activité, que la commune de Gennevilliers n'avait point encore de médecin. L'expérience paraissait à tous égards décisive.

Fort de ces résultats, Durand-Claye osa enfin dresser, pour l'assainissement général de Paris, le projet définitif qu'il avait si longuement médité; le programme adopté par lui fut le suivant :

1° En ce qui concerne l'habitation, supprimer, à l'exemple de Londres, les fosses fixes et n'admettre qu'à titre transitoire les systèmes autres que l'évacuation directe à l'égout de toutes les déjections diluées dans un très grand volume d'eau;

2° En ce qui concerne la ville, compléter au plus vite la canalisation souterraine destinée à l'écoulement des vidanges; distribuer plus largement l'eau qui doit servir de véhicule, et employer la totalité de cette eau en irrigation de terrains perméables.

La presqu'île de Gennevilliers était insuffisante pour épurer, à raison de 40,000 mètres cubes par hectare et par an, la totalité des eaux. Durand-Claye, suivant une idée émise par M. le sénateur Krantz, proposait d'employer comme surface additionnelle une partie des terrains domaniaux d'Achères, sauf à prolonger ultérieurement, s'il le faut, la canalisation et les distributions vers l'aval.

L'avenir, de cette sorte, était réservé ; mais un point du programme inspirait encore des craintes, c'est l'envoi des vidanges à l'égout. Malgré les statistiques de mortalité recueillies à l'étranger avant et après l'adoption du système, on redoutait les influences épidémiques. La Société de médecine publique, dont Durand-Claye était membre, se préoccupait surtout de l'action qu'exercerait le régime des égouts sur les épidémies de fièvre typhoïde. Durand-Claye, avec les habitudes précises de son esprit, crut devoir en appeler à l'observation directe des faits, et dressa sous le titre « L'Épidémie de fièvre typhoïde à Paris en 1882 », une étude de statistique graphique qui est un véritable modèle et que l'Académie des sciences a justement récompensée en l'honorant du prix Montyon. Cette fois toutes les circonstances sont analysées : la nature du sol, les conditions de l'habitation, surtout le régime des eaux et des égouts. La représentation des faits est parlante et conduit à cette conclusion : « L'influence de l'envoi des matières à l'égout, qui coïncide toujours avec l'introduction dans la maison de l'usage libéral de l'eau, semble se manifester par un abaissement de la mortalité typhoïdique. »

En même temps que les vues de Durand-Claye étaient soumises par lui-même à ce contrôle des chiffres, le préfet de la Seine en demandait l'examen à une commission technique présidée par M. Alphand. La commission ne recula point devant la visite des applications du système à l'étranger : elle envoya des délégations à Bruxelles, à Amsterdam, à Londres. Alors s'engagea une brillante discussion, à laquelle prirent part : comme défenseurs des idées de Durand-Claye, MM. Alphand, Bouley, Fauvel, Emile Trélat ; comme adversaires, MM. Brouardel, Girard. En dernière analyse, la question se résuma dans ces termes : « L'écoulement total des matières excrémentielles à l'égout peut-il être autorisé dans les égouts constamment alimentés en eau courante et ne laissant pas s'accumuler les sables ? » 21 membres répondirent oui ; 7 non ; il y eut 2 abstentions.

De son côté, le Conseil des Ponts et Chaussées donna un avis favorable, approuvé par une décision ministérielle en date du 28 juillet 1881.

Le triomphe des idées de Durand-Claye était dès lors subordonné à la décision des Chambres : Durand-Claye eut la satisfaction d'assister aux délibérations du Corps législatif qui sanctionna ses vues par un vote du 5 février 1883 ; il attendait comme un couronnement de son œuvre l'adhésion du Sénat, quand la mort l'a surpris.

Les questions d'assainissement, qui eussent à elles seules rempli une plus longue carrière, furent loin de suffire à l'infatigable activité de Durand-Claye. Ses débuts furent occupés par les travaux du secrétariat du Conseil général des Ponts et Chaussées. Puis nous le voyons attaché à la commission des *Annales*. En 1869, nous le trouvons à la tête des études du chemin de fer mortuaire de Méry; en 1870, il organise la défense de Clichy. De 1874 à 1882, il dirige, sous les ordres de M. Buffet, alors ingénieur en chef, le service des canaux de l'Ourcq, Saint-Denis et Saint-Martin. On lui doit un projet d'approfondissement à 3^m 20 du bassin de la Villette et du canal Saint-Denis, ainsi que l'étude des magasins et d'une passerelle de 90 mètres de portée.

Il était membre du jury d'enseignement du dessin dans les écoles de Paris; — Secrétaire de la commission supérieure d'aménagement des eaux; — Vice-président de la section du génie rural et président de la commission des engrais à la Société des agriculteurs de France.

En 1886, il fut chargé d'une mission au lac Copaïs.

Les études purement scientifiques tinrent une large part dans sa vie. Élève ingénieur, il sentit l'insuffisance des méthodes généralement admises pour vérifier la stabilité des voûtes et tenta de combler cette lacune. Méry traçait la courbe des pressions en partant d'une double hypothèse : il supposait connus le point de départ et le point d'arrivée de cette courbe. Durand-Claye aborda le problème en étudiant le champ où la ligne des pressions se meut lorsqu'on fait sur ses points de départ et d'arrivée toutes les hypothèses possibles; et la méthode à laquelle il fut conduit est devenue classique. Il la publia au sortir de l'École dans une note aux *Annales* de 1867 et l'étendit en 1868 au cas des arcs métalliques.

Un an après, M. de Geymüller, au cours de ses belles recherches sur Saint-Pierre de Rome, se posa la question de la possibilité des projets de coupole de Bramante : ce fut pour Durand-Claye l'occasion d'une étude sur les voûtes sphériques, et ses vérifications donnèrent raison aux dispositions proposées par l'illustre architecte.

— Nous avons mentionné les conférences et le cours de Durand-Claye à l'École des Ponts et Chaussées ; cet enseignement ne représente qu'une partie de sa carrière de professorat :

En 1866, il enseigna la mécanique à l'Association polytechnique et plus tard il créa les cours professionnels au syndicat des plombiers de Paris.

Puis vint l'enseignement de l'École des Beaux-Arts : En 1868, il y fut chargé du cours de stéréotomie, et en 1869 de la suppléance du cours de perspective. Il devint en 1875 titulaire de la chaire de stéréotomie et de levé des plans ; en 1887, membre du conseil supérieur de l'École. Il conserva sa chaire jusqu'au dernier moment, et le caractère personnel qu'il apporta dans ses leçons fut d'éclairer sans cesse les questions d'appareil par les considérations de stabilité qui lui étaient si familières.

Telle fut, réduite à ses faits essentiels, la carrière si multiple de l'ingénieur, de l'hygiéniste, du professeur; passons rapidement en revue les circonstances de sa vie. Alfred Durand-Claye était né à Paris le 10 juillet 1841. Ses études s'étaient faites au collège Sainte-Barbe où des succès littéraires annoncèrent de bonne heure l'homme qui devait exercer tant d'action par la puissance de sa parole savante autant que lumineuse : Durand-Claye eût réussi dans une carrière littéraire tout aussi bien que dans la voie scientifique qu'il a suivie. En se spécialisant dans deux grandes branches d'études, les questions d'assainissement et les questions de stabilité, Durand-Claye sut ne se cantonner dans aucune : nul ordre de connaissances ne lui était étranger. Le goût des arts était pour lui une passion, il en avait le sens le plus vif et le plus juste ; la musique, où il excellait, était la forme sous laquelle le sentiment du beau se manifestait chez lui de préférence.

Avec des aptitudes si variées, sa vie fut une suite ininterrompue de succès :

Il entra premier à l'École Polytechnique en 1861 ; en 1866, il sortit premier de l'École des Ponts et Chaussées. Ses travaux lui valurent à l'Exposition de Vienne une médaille de progrès (1873) ; à l'Exposition de Paris (1878) une médaille d'or ; un diplôme spécial, à l'Exposition d'hygiène de Londres (1885). Il fut membre associé étranger du Sanitary institute de Londres, de la Société royale de médecine publique de Belgique, de la Société des ingénieurs et architectes de Rome, de la Société royale d'hygiène de Milan, de la Société des ingénieurs et inspecteurs municipaux et sanitaires d'Angleterre, vice-président de la Société de médecine publique, vice-président de la section du génie rural et président de la Commission des engrais à la Société des agriculteurs de France.

En 1884, il fut lauréat du prix Montyon (statistique).

Comme distinctions honorifiques il était, depuis 1875, chevalier et depuis 1885, officier de la Légion d'honneur ; depuis 1879, officier d'Académie et depuis 1887 officier de l'Instruction publique ; chevalier des ordres d'Isabelle la Catholique (1880) ; de la Conception de Portugal (1882) de la Rose du Brésil (1882), de Léopold de Belgique (1883) ; officier de l'ordre de la Couronne d'Italie (1881) ; commandeur de l'ordre du Sauveur de Grèce (1887) ; commandeur de l'ordre de la Couronne de Roumanie (1887).

Ces distinctions si nombreuses témoignent de la reconnaissance universelle pour des services qui devaient se traduire par une réduction dans la mortalité humaine. Partout Durand-Claye laissait un souvenir respecté et profondément sympathique. Les élèves de toute nationalité qui avaient suivi ses leçons, soit à l'École des Beaux-Arts, soit à l'École des Ponts et Chaussées, avaient porté sa réputation dans l'Europe entière. D'un caractère ouvert, affectueux, son grand plaisir était d'obliger ; il se prodiguait pour ses élèves, pour ses subordonnés, pour tous. Ses voyages, où tant d'auditeurs aimaient à retrouver en lui un maître et souvent un ami, ses voyages étaient des triomphes. Ses anciens agents qui étaient pour lui une famille, ont voué un culte à sa mémoire (1). Quant aux camarades, aux amis, sa mort a été pour eux un deuil :

Ses camarades de promotion, se reportant à leurs plus chers souvenirs se rappelaient le passé de l'École où tant de fois la promotion avait mis à l'épreuve l'affectueux, l'inépuisable dévouement de son major ; tous se rappelaient l'ami sincère et sûr, car nul mieux que Durand-Claye ne sut faire dans sa vie la place de l'amitié : ses rares instants de répit lui étaient réservés : et alors, comme il arrive presque toujours chez les esprits vraiment sérieux, la gaîté débordait, il ne restait rien ni du savant ni de l'ingénieur. Cet entrain dura jusqu'à ses derniers instants : il mourut au milieu d'une conversation enjouée. Souffrant depuis quelques jours d'une maladie dont ses travaux étaient la cause, il parlait avec un ami, il supputait l'époque où il pourrait reprendre cette existence active qui était un besoin pour lui, lorqu'une crise foudroyante l'emporta. Il avait vécu à peine 47 ans et laissait inachevée la grande œuvre dont les fatigues l'avaient tué. S'il ne lui fut point donné d'assister à l'entière exécution de ses projets, il put du moins en arrêter le dessin, en mesurer la portée, mourir avec la conscience de son œuvre ; et, le jour de ses funérailles, le frère qui l'avait devancé dans la carrière et qui devait lui survivre, la veuve qui s'était associée à ses travaux, à ses voyages, à ses luttes, ont dû entendre avec un sentiment de légitime fierté ces paroles prononcées par la voix même du directeur des travaux de Paris : « Si l'on élève des statues aux guerriers qui ont rendu à leur patrie des services glorieux en sacrifiant la vie de nombreux soldats, il serait à désirer que l'on rendît les mêmes hommages à Durand-Claye, dont la trop courte carrière de savant et d'hygiéniste n'a eu qu'un but : sauvegarder la vie de ses concitoyens. »

---

(1) Je dois une partie des faits rapportés dans cette notice aux souvenirs personnels que m'ont transmis comme un pieux hommage MM. Masson, Corot, Briqué, Loquet.

GRADES, FONCTIONS, TITRES

TRAVAUX ET PUBLICATIONS

I. — Ecoles.

Ecole Polytechnique : Promotion 1861. Rang d'entrée, 1; rang de sortie, 3.

École des Ponts et Chaussées : Promotion 1863-1866. Rang d'entrée, 2; rang de sortie, 1.

II. — Grades.

Élève-ingénieur des Ponts et Chaussées : 2 septembre 1865.

Ingénieur ordinaire de 3e classe : 15 novembre 1866.

— — 2e classe : 23 avril 1873.

— — 1re classe : 16 avril 1877.

Ingénieur en chef de 2e classe : 11 janvier 1882.

III. — Services.

1864 : Mission dans les Hautes-Pyrénées, M. Frécot, ingénieur en chef.

1865 : Mission dans le Finistère, MM. Maitrot de Varennes et Planchat, ingénieurs en chef.

1866 : Secrétariat du Conseil général des Ponts et Chaussées.

Service municipal de la ville de Paris : Eaux et égouts. — Études et travaux sur les égouts et l'assainissement de la Seine. — Essais et expériences de Clichy (1867-1868). — Création de l'usine élévatoire de Clichy (1,100 chevaux et des irrigations de Gennevilliers (650 hectares). — Études et projets pour les irrigations d'Achères et de Saint-Germain.

Service municipal de la ville de Paris : Canaux. — Service des canaux de l'Ourcq, Saint-Denis et Saint-Martin. — Rachat de la concession et organisation du service (1876). — Projet d'approfondissement à 3 m. 20 du bassin de la Villette et du canal Saint-Denis. — Construction des magasins du bassin et d'une passerelle de 90 mètres de portée. (Toutes ces études et ces travaux ont été exécutés sous les ordres de M. l'Inspecteur général Buffet.) (Du 17 novembre 1872 au 23 janvier 1884.)

Service de l'assainissement général de Paris. — Projets et construction des collecteurs et des égouts (900 kilomètres). — Assainissement des habitations : canalisations, vidanges, puits et puisards. — Préparation et application des nouveaux règlements. — Dépotoirs et voiries (1885.)

IV. — Enseignement.

Professeur de stéréotomie et lever des plans à l'École nationale des Beaux-Arts (depuis 1868.)

Conférences sur l'assainissement municipal à l'École des Ponts et Chaussées (de 1869 à 1878.)

Professeur du cours d'hydraulique agricole à l'École des Ponts et Chaussées (5 avril 1879).

V. — Commissions officielles.

1874 : Secrétaire et rapporteur de la Commission ministérielle d'assainissement de la Seine, M. l'inspecteur général Kleitz, président.

1878 : Secrétaire et rapporteur de la classe 51 à l'Exposition universelle (matériel et procédés des industries agricoles et forestières).

1882-1883 : Secrétaire de la Commission technique de l'assainissement à la Préfecture de la Seine.

1882 : Membre de la Commission permanente de l'hydraulique agricole.

1887 : Membre du Conseil supérieur de l'École des Beaux-Arts.

1887 : Membre et rapporteur du comité d'admission de la classe 49 à l'Exposition universelle de 1889.

VI. — Sociétés.

1882 : Vice-président de la Société de médecine publique.

1878-1882 : Président de section aux Congrès internationaux d'hygiène de Paris, de Turin, de Genève.

Membre associé du *Sanitary Institute* de la Grande-Bretagne ; de la *Societa degli Ingegneri e degli Architetti italiani ;* de la Société royale de médecine publique de Belgique, de la Société royale d'Hygiène de Milan ; de la Société des Ingénieurs et Inspecteurs municipaux et sanitaires d'Angleterre. — Membre du Comité de patronage de l'Association polytechnique. — Membre du Conseil d'administration de la Société française d'hygiène. — Vice-président de la section du Génie rural et Président de la Commission des Engrais à la Société des agriculteurs de France. — Membre de la Société d'horticulture; de la Société d'hygiène de Bordeaux; de la Société normande d'hygiène; de la Société d'agriculture de Caen; de la Société de crémation, etc.

VII. — Études et travaux en province et à l'étranger.

1875 : Projet d'assainissement de la ville de Buda-Pesth (Hongrie).

1880 : Projet d'assainissement de la ville d'Odessa (Russie).

1882 : Projets de collecteurs pour la ville de Genève (Suisse).

1882 : Projets d'assainissement de la ville de Cannes (France).

1883 : Projet d'épuration des eaux d'égout de la ville de Reims (France).

1884 : Projet d'assainissement de la ville de Nice (France).

1884-1885 : Projet d'assainissement de la ville du Havre (France).

1885 : Projet d'assainissement de la ville de Chantilly (France).

Tous ces projets et études ont été exécutés sur la demande des municipalités, avec autorisation accordée par l'Administration municipale de Paris.

Délégué de la ville de Paris et de la Préfecture de la Seine aux Congrès internationaux d'hygiène de Turin (1880); Genève (1882); La Haye (1884); Vienne (1887).

1886 : Mission du Ministère de l'agriculture en Grèce (situation du dessèchement du lac Copaïs).

VIII. — Distinctions honorifiques.

Chevalier de la Légion d'honneur : 3 février 1875.

Officier d'académie : 16 novembre 1879.

Officier de la Légion d'honneur : 29 décembre 1885.

Officier de l'Instruction publique : décembre 1887.

Chevalier des ordres d'Isabelle la Catholique (1880); de la Conception de Portugal (1882); de la Rose du Brésil (1882); de Léopold de Belgique (1883); officier de l'ordre de la Couronne d'Italie (1884); commandeur de l'ordre du Sauveur de Grèce (1887); commandeur de l'ordre de la Couronne de Roumanie (1887).

Médaille de progrès : Exposition de Vienne (1873); Médaille d'or : Exposition de Paris (1878); Médaille d'or et diplôme spécial : Exposition d'hygiène de Londres (1885).

Lauréat de l'Institut. — Académie des sciences. — Prix Montyon (statistique) 1884.

IX. — Publications.

I. — Art de l'ingénieur : *Théorie des constructions.*

1866 : Note sur la vérification de la stabilité des voûtes.

1867 : Mémoire sur la vérification de la stabilité des voûtes en maçonnerie et sur l'emploi des courbes de pression.

1868 : Mémoire sur la vérification de la stabilité des arcs métalliques et sur l'emploi des courbes de pression.

1872 : Note sur le tracé des panneaux de douelle des voûtes biaises à section circulaire.

1873 : Étude sur les pompes centrifuges simples et accouplées.

1873 : Hydraulique. — Expérience sur les affouillements.

(*Annales des Ponts et Chaussées.*)

1874 : Analyse du cours de navigation intérieure de M. de Lagrené, ingénieur des Ponts et Chaussées.

(*Annales industrielles.*)

1878 : Stabilité des voûtes. — Mémoire.

(*Association française pour l'avancement des sciences.* Congrès de Paris, 1878.)

1879 : Étude sur la stabilité de la coupole projetée par Bramante pour la basilique de Saint-Pierre de Rome.

(Annexe de l'ouvrage : *Les projets primitifs pour la basilique de Saint-Pierre de Rome.* M. de Geymuller, architecte.)

1880 : Vérification de la stabilité des voûtes et des arcs. — Application aux voûtes sphériques.

1885 : De l'entraînement et du transport par les eaux courantes des vases, sables et graviers. Analyse d'un mémoire de M. L.-L. Vauthier.

(*Annales des Ponts et Chaussées.*)

Cours de stéréotomie et de lever des plans à l'École des Beaux-Arts (depuis 1868).

II. — Hydraulique agricole : *Génie rural.*

1874 : Note sur la prise d'échantillon des engrais à analyser.

1875 : Les gisements de guano du Pérou.

(*Bulletin de la Société des agriculteurs de France.*)

1876 : Note sur les gisements actuels de guano au Pérou (en collaboration avec M. Léon Durand-Claye).

(*Annales des Ponts et Chaussées.*)

1877 : Le desséchement du lac Fucino. — Rapport à la section du génie rural des agriculteurs de France.

(*Bulletin de la Société des agriculteurs de France.*)

1878 : Mémoire sur le desséchement du lac Fucino.

(*Annales des Ponts et Chaussées.*)

1878 : Enquête sur les stations agronomiques.

1879 : Rapport adressé à la Commission supérieure d'aménagement des eaux, au nom de la Société des agriculteurs de France, sur les irrigations.

(*Bulletin de la Société des agriculteurs de France.*)

1880 : Sur la température des eaux souterraines de Paris pendant le mois de décembre 1879.

(*Comptes-rendus de l'Académie des sciences ;*
Annales des Ponts et Chaussées.)

1880 : Exposition universelle de 1878, groupe VI, classe 51. — Le matériel et les procédés des industries agricoles et forestières. — Rapport au nom du jury des récompenses.

(*Imprimerie nationale.*)

1880 : Le desséchement du lac Copaïs.

(*Rapport adressé à M. le Ministre de l'agriculture.*)

Cours d'hydraulique agricole et de génie rural à l'École des Ponts et Chaussées, depuis 1879 (autographié de 1881 à 1885).

III. — Assainissement municipal.

1887 : Note sur les premiers essais poursuivis à Clichy par l'Administration municipale de Paris en vue de l'utilisation des eaux d'égout.

(*Journal de la Société d'agriculture.*)

1869 : Service d'essai des eaux d'égout. — Compte rendu des essais d'utilisation et d'épuration : année **1868** (en collaboration avec M. Mille).

(Publication administrative.)

1869 : Note sur les essais d'utilisation et d'épuration des eaux d'égout de Paris (en collaboration avec M. Mille).

(Annales des Ponts et Chaussées.)

1869 : Même sujet (séance du 14 mai 1869).

(Bulletin de la Société d'encouragement.)

1869 : Les travaux d'assainissement de la ville de Londres.

(Annales des Ponts et Chaussées.)

1870 : Utilisation agricole et épuration des eaux d'égout de la ville de Paris.

(Bulletin de la Société des ingénieurs civils.)

1870 : Même sujet. — Essais de Clichy.

(Bulletin de la Société des agriculteurs de France.)

1870 : Service des eaux d'égout. — Compte rendu des travaux et des résultats : année **1869** (en collaboration avec M. Mille.)

(Publication administrative.)

1870 : Mémoire sur l'assainissement de la ville de Bruxelles.

(Annales des Ponts et Chaussées.)

1870 : Hygiène publique. — Résultats des expériences effectuées pour l'utilisation des eaux d'égout déversées dans la Seine.

(Comptes rendus de l'Académie des sciences.)

1870 : Communication sur les eaux d'égout de Paris (séance du 23 décembre 1870).

(Bulletin de la Société d'encouragement.)

1870 : Note sur les eaux d'égout (*autographie*).

1871 : Assainissement municipal de Paris pendant le siège.

(Comptes rendus de l'Académie des sciences : Annales des Ponts et Chaussées.)

1871 : Hygiène publique. — Sur un projet d'utilisation des eaux d'égout de la ville de Paris.

(Comptes rendus de l'Académie des sciences : Publication administrative.)

1871 : L'assainissement municipal de Paris, droits, devoirs et réformes (*autographie*).

1872 : Assainissement de la Seine. — Utilisation agricole des eaux d'égout et de leurs dépôts (*autographie*).

Situation au 1er janvier 1872 (*autographie*).

1872 : Assainissement municipal. — Quantité de matières azotées expulsées chaque jour de Paris.

(*Annales des Ponts et Chaussées.*)

1873 : Rapport sur les égouts de Reims.

(*Bulletin de la Société des agriculteurs de France.*)

1873 : Situation de la question des eaux d'égout et de leur emploi agricole en France et à l'étranger.

(*Bulletin de la Société des agriculteurs de France.*
Annales des Ponts et Chaussées.)

1874 : Situation de la question des eaux d'égout et de leur emploi agricole en France et à l'étranger.

(*Bulletin de la Société des agriculteurs de France.*)

1874 : Utilisation des eaux d'égout de la ville de Paris pour l'agriculture (séance du 26 juin 1874).

(*Bulletin de la Société d'encouragement.*)

1874 : Rapports au nom de la Commission chargée de proposer les mesures à prendre pour remédier à l'infection de la Seine aux abords de Paris.

1875 : Rapports au nom de la Commission d'assainissement de la Seine sur le projet présentés par MM. Ducuing et Brunfaut (Ministère des travaux publics).

(*Imprimerie nationale : Annales d'hygiène publique.*)

1875 : Programme des conférences sur l'assainissement municipal faites à l'École des Ponts et Chaussées (*autographie*).

1876 : Enquête sur l'avant-projet d'un canal d'irrigation à l'aide des eaux d'égout de Paris, entre Clichy et la partie nord-est de la forêt de Saint-Germain. — Rapports.

(Gauthier-Villars : *Publication administrative.*)

1877 : État de la question des eaux d'égout en France et à l'étranger.

(*Bulletin de la Société des agriculteurs de France.*)

1878 : Une exploitation agricole à l'eau d'égout peut-elle donner un bénéfice? (Ferme de Wrexham.)

(*Journal d'hygiène.*)

1878 : L'assainissement des villes. — Congrès international du génie civil.

(*Imprimerie nationale* : *Annales industrielles.*)

1878 : De l'altération des cours d'eaux. — Congrès international d'hygiène (en collaboration avec MM. Schloesing et Proust).

(*Imprimerie nationale.*)

1879 : Épuration des eaux du désuintage des laines à l'usine Balsan (Châteauroux).

(*Revue d'hygiène.*)

1880 : Le système de Liernur.

(*Revue d'hygiène.*)

1880 : Les eaux d'égout. — Congrès de l'Association française à Reims et Congrès international d'hygiène de Turin.

(*Association française pour l'avancement des sciences*, Reims, 1880.)

1880 : Rapport en réponse à l'article publié dans la *Revue des Deux-Mondes*, par M. Aubry-Vitet, sur la question des égouts de Paris.

(Chaix : *Publication administrative.*)

1881 : Travaux d'assainissement de Dantzig, Berlin, Breslau.

(*Revue d'hygiène.*)

1881 : État de la question des eaux d'égout en France et à l'étranger.

(*Bulletin de la Société des agriculteurs de France.*)

1881 : Les égouts de Paris (18 mars 1881).

(*Bulletin de la Société des Ingénieurs civils.*)

1881 : Assainissement de Paris. — Commission ministérielle. — Observations des ingénieurs du service municipal de Paris. — Rapport.

(Chaix : *Publication administrative.* — *Annales industrielles.*)

1882 : État de la question des eaux d'égout en France et à l'étranger.

(*Bulletin de la Société des agriculteurs de France.*)

1882 : Recensement de la population. — Accroissement de la population dans le département de la Seine. — Étude statistique graphique

1882 : Vidanges et égouts. — Congrès international d'hygiène de Genève.

(Chaix : *Actes du Congrès.*)

1883 : Hygiène publique. — Les vidanges et les égouts.

(*Génie civil.*)

1883 : Préfecture de la Seine. — Commission technique d'assainissement de Paris. — Compte rendu des voyages d'études à Bruxelles, Amsterdam et Londres. — Statistique des installations d'écoulements directs aux égouts. — Résumé des travaux de la Commission.

(Chaix : *Publication administrative.* — *Annales des Ponts et Chaussées.*)

1883 : Le nouveau programme d'assainissement de Paris.

(Chaix : *Association française pour l'avancement des sciences. Congrès de Rouen.*)

1883 : L'épidémie de fièvre typhoïde à Paris en 1882 (prix Montyon de l'Académie des sciences).

(*Journal de la Société de statistique.*)

1884 : Nouveau programme de l'assainissement de Paris.

(*Actes de la Société centrale des Architectes.*)

1884 : Assainissement de la ville de Nice. — Rapport.

(*Impression par la municipalité de Nice.*)

1884 : Assainissement de la Seine. — Réception des ingénieurs belges et hollandais.

(*Bulletin de la Société des ingénieurs civils.*)

1884 : Assainissement des villes en général et de Paris en particulier. — Congrès international d'hygiène de La Haye.

(*Actes du Congrès.*)

1884 : La fièvre typhoïde à Paris. — Congrès international d'hygiène de la Haye.

(*Actes du Congrès.*)

1885 : Les examens libres du *Sanitary Institute* (en collaboration avec M. Corot).

(*Revue d'hygiène.*)

1885 : Congrès international d'hygiène et de démographie de La Haye. — Rapport présenté au Conseil municipal de Paris au nom de la délégation.

(*Imprimerie municipale.*)

1885 : Latrines publiques et privées. — Écoulements directs à l'égout (*autographie*).

(*Semaine des Constructeurs. — Annales industrielles.*)

1885 : Assainissement de la Seine. — Compte rendu du service.

(Chaix : *Publication administrative. — Annales des Ponts et Chaussées.*)

1885 : L'assainissement intérieur et extérieur de la ville de Berlin.

(*Revue d'hygiène. — Annales industrielles.*)

1885 : Installations d'écoulements directs de l'égout. (Extrait du Compte rendu du service.)

(*Annales industrielles.*)

1885 : L'assainissement de la Seine.

(*Annales des Ponts et Chaussées.*)

1886 : L'assainissement de Berlin (en collaboration avec M. Albert Petsche).

(*Annales des Ponts et Chaussées.*)

1887 : Égouts. — Système Waring. Rapport au Congrès international d'hygiène de Vienne.

(*Actes du Congrès.*)

IV. — Divers.

1878 : Discours de présidence à la distribution des prix de Sainte-Barbe.

1884-1885 : Sur les blés (séances du 24 novembre et du 4 février).

(*Bulletin de la Société des agriculteurs de France.*)

1887 : Le mouvement protectionniste. — Les travaux publics et le génie rural.

(*Association française pour l'avancement des sciences. Congrès de Nancy* 1886.)

Je remercie les amis désolés qui m'ont donné tant de preuves de dévouement et d'affection. Certes les marques de fidèle et profond regret ne m'ont pas manqué depuis un an... et s'il s'est produit des défections, là où parfois on devait le moins s'y attendre, j'ai vu aussi que son souvenir restait toujours vivace là où je n'y aurais pas compté : si ses compatriotes l'ont oublié, les étrangers ont gardé sa mémoire, et plus d'un an après sa mort les Russes chargeaient un des leurs, passant par Paris, de déposer une couronne sur sa tombe.

Mais que ces amis ne croient pas avoir perdu Alfred tout entier; ce qu'il n'a pu faire comme publications, des amis dévoués tâcheront d'y suppléer. M. Launay, un jeune camarade dont il avait distingué la valeur au point de ne pas vouloir en accepter d'autre comme second, s'est chargé de mettre en ordre le cours d'hydraulique agricole ; M. Pillet en fera autant plus tard pour le cours de stéréotomie, et j'espère que M. Emile Trélat trouvera le temps de m'aider à rassembler ses travaux sur l'assainissement. Ses notes et croquis de voyages viendront ensuite, si je trouve la force de les arranger.

S'il n'est plus là pour donner des conseils, cette bibliothèque, formée avec tant de soin et de passion, restera prête à être consultée par tous les hygiénistes, car j'espère que les conseillers municipaux se décideront à créer ce Musée d'hygiène dont il leur parlait souvent, et auquel il pensait l'adjoindre dans un avenir qu'il croyait, hélas! bien éloigné. Quoiqu'il m'en coûte de me séparer de ses livres tant aimés, et rangés avec lui, je suis prête à en faire le sacrifice pour en doter ses concitoyens, et propager les idées d'hygiène qu'il rêvait de répandre partout !

Si un sort cruel et injuste m'a laissée seule au monde, privée de ce qui était l'âme de ma vie, c'est sans doute pour que j'accomplisse ce que des étrangers feraient avec moins de persistance, et j'essaierai de ne pas faillir à ma tâche, quelque lourde qu'elle soit.

E. D.-C.

Paris, Imprimerie F. Levé, rue Cassette, 17.

www.ingramcontent.com/pod-product-compliance
Lightning Source LLC
LaVergne TN
LVHW020321230826
846091LV00003B/736
9782329258997